Daniel Ammann

Der weiße Schatten und andere Geschichten

Für Christina

Daniel Ammann

Der weiße Schatten

und andere Geschichten

Magoria Verlag

2. Auflage Januar 2019
© 2018 Magoria Verlag, St. Gallen
www.magoria.ch/verlag
Lektorat: Sarah Zgraggen
Umschlagfoto: Wolfgang Claussen, Husum

ISBN 978-3-9524867-3-3 (Hardcover)
ISBN 978-3-9524867-0-2 (Paperback)

Inhalt

Der weiße Schatten 9

Das Bernstein-Grab 15

Herr Ibis 19

Viola da Gamba 25

Halt auf Verlangen 31

Stimmprobe 33

Adeles Aufstieg 39

Der Leser als Mörder 43

Letztes Licht 49

Ein Kunststück 51

Caledonia 55

Roman Ingold Schuenze 75

Der weiße Schatten

Es ist Doktor Brisig, der mir dringend rät, dieses Notizheft zu führen, mir alles von der Seele zu schreiben und dadurch die Genesung zu unterstützen. Er meint, vielleicht ließen sich so ein paar der Lücken schließen, die der Unfall in mein Bewusstsein gerissen hat. Brisig selber wird nichts von all dem lesen, sagt er. Auch über mein körperliches Befinden soll ich Buch führen.

Die Kopfwunde ist äußerlich schon recht gut verheilt und in ein paar Tagen werden die Fäden am Hals entfernt. Die Schmerzen sind erträglich, aber bisweilen überkommt mich eine seltsame Benommenheit, die dem Brisig nicht gefallen will. Meist fängt es mit einer Ertaubung des Gesichts an. Manchmal sehe ich das Licht vor meinen Augen brodeln und leuchtende Funken davonfliegen. Hernach bleibt ein dumpfes Gefühl auf der Haut zurück. Nicht selten habe ich starke Kopfschmerzen, ein Trommeln in den Schläfen und Nadelstiche hinter den Augen, und ein oder zwei Mal musste ich mich übergeben. Der Rauch hat meinen Geruchssinn lahmgelegt. Wenn Schwestern und Pfleger den Raum betreten, rümpfen sie ihre Spitalnasen und reißen die Fensterflügel weit auf. Ich selber rieche nichts. Stickige Luft, antworten sie auf meinen fragenden Blick oder schütteln nur beschwichtigend die Köpfe. Sie kommen mir wie Geister vor, diese Wesen in weißen Kitteln und Schürzen, meine barmherzigen Pfannenleerer und Pulstaster, die hier tagaus, tagein ihren irdischen Dienst verrichten.

Wenn mich Brisig auf meine verweigerte Trauerarbeit anspricht, kann ich nur antworten, dass ich in dieser Hinsicht keine psychiatrische Unterstützung benötige, verheimliche jedoch, dass mir sein Kollege Broder eben nicht ganz geheuer ist. Kein Wort über Dengdits Besuche. Die Heilung scheint aus meinen Träumen zu kommen, sage ich. Ich schlafe mich einfach gesund. Und wovon die arglosen Quacksalber keine Ahnung haben: Jeden Morgen, wenn ich erwache, hat Dengdit einen Teil meines alten Selbst ausgelöscht.

Neulich muss ich im Schlaf gesprochen haben. Brisig fragte heute Morgen bei der Visite ganz beiläufig, ob ich unter Alpträumen leide, ob es mit dem Hören und Sehen Probleme gebe oder mir die sinnliche Wahrnehmung dann und wann einen Streich spiele – was im Übrigen, so versicherte er mit treuem Medizinerblick, angesichts meiner Lage völlig natürlich wäre. Ich verneinte alles, und als er mich weiterhin fixierte, als zweifle er an der Wahrheit meiner Aussage, gab ich zu bedenken, ob denn das Leben nicht überhaupt ein einziges Trugbild sei, zumal es mehr Fragen und Rätsel aufwerfe, als es Antworten liefere. Ja, ja, meinte Brisig trocken, während er die Luftmanschette an meinem Oberarm befestigte und wieder sein properes Ärztegrinsen aufsetzte. Da könnten Sie schon recht haben. Wir leben im kollektiven Wahnsinn. Man brauche nur die Zeitung aufzuschlagen, und ganz zu schweigen vom Fernsehen, diesem

Tomographen der gesellschaftlichen Befindlichkeit. Er horchte eine Weile ins Stethoskop und fuhr dann fort: Die Tätigkeit des Bewusstseins ist eine angeborene Halluzination, soll mal einer gesagt haben. Aber diese Diagnose bringt uns ja keinen Schritt weiter. Wir müssen den Traum weiterträumen, bis wir erweckt oder von selber wach werden.

So mystisch kenne ich ihn gar nicht, meinen lieben Leibarzt. Dengdit muss ihm etwas ins Ohr geflüstert haben. Oder weiß denn mein geschätzter Brisig, dass die Außenwelt nur vorgetäuscht ist, dass es in ihr kein Licht und schon gar keine Farben gibt. Ich war lange genug beim Theater, ich kenne alle Tricks des Licht- und Schattenspiels. Der arme Irre tappt wie alle anderen im Dunkeln, auch wenn er ab und zu einen weisen Spruch aus dem Ärmel schüttelt. Zu gern würde ich ihm reinen Wein einschenken, aber er ließe bestimmt nur wieder seinen Seelen-Broder antraben, damit der mir therapeutisch unter die Arme greift und mich mit einem Pharmakon auf den doppelten Boden der Realität zurückholt. Mit psychiatrischem Mumpitz und Medikamenten ist meinem weißen Schatten nicht beizukommen. Ich will indes kein Spielverderber sein. Die Wahrheit wird er noch früh genug erfahren.

Die Doktoren meinen, ich hätte großes Glück gehabt – Glück im Unglück, wie der Volksmund sagt –, aber es war natürlich Dengdit, der mich ins hiesige Schattenreich zurückgebracht hat, auch wenn die Ausgeburt eines Medizinmanns ihr Tun mit klinischen Heilerfolgen zu kaschieren weiß.

Brisig stellt immer wieder Fragen, klebt allerlei Elektroden an meinen Schädel mit den kahl rasierten Stellen, vielleicht um meine Gedanken und Träume aufzuzeichnen. Aber es will ihm nicht gelingen, in meinen Kopf hineinzusehen.

Manchmal schlafe ich fast den ganzen Tag, liege dafür die halbe Nacht wach, denke an Lena und wünsche mir, ich könnte erneut ins Koma und ihr und dem Tod in die Arme fallen. Also stelle ich mich tot, wenn die Nachtschwester ihre Runde macht. Die Welt kann mir gestohlen bleiben.

So lag ich wohl auch an jenem Morgen da, in den frühen Stunden kurz vor der Dämmerung, wenn die Sehnsucht am größten ist. Ich wusste nicht, ob meine Augen offen oder geschlossen waren, nahm nur dieses plötzliche Aufglimmen und Zucken am Rande meines Gesichtsfelds wahr, richtete meinen Blick zur Wand, sah zuerst nur eine konturenlose Erscheinung, gleich einer aufwirbelnden Wolke aus gelben Blütenpollen, die nach und nach menschliche Gestalt annahm. Ihr Körper schien einem Nebel aus flimmerndem Lichtstaub zu entsteigen. Nach einer Weile konnte ich ein männliches Wesen ausmachen, wie ein quecksilbriges Hologramm stand es im Zimmer, gestützt auf einen langen Stab oder eine Lanze, aber die Lichtsäule flackerte unaufhörlich vor meinem Auge, ein loderndes Bild, das immer wieder in sein fotografisches Negativ kippt. Allmählich begann sich alles zu verlangsamen und ließ die Stille zu einem leisen Brummen anschwellen.

Erst erschien er wie ein durchscheinendes Gefäß aus Licht, dass sich allmählich zu füllen und zu verdichten beginnt. Es dauerte seine Zeit, bis ich mich an den Anblick gewöhnt hatte. Die Oberfläche seiner Gestalt geriet immer wieder in Aufruhr, riffelte sich wie Wasser, wenn der Wind darüber streicht, und wurde von goldenen Lichtstrudeln durchzogen, sobald er das Wort an mich richtete.

Ich bin dein weißer Schatten, sagte er in ruhigem Ton.

Aber es war keine Stimme, vielmehr nahmen die Worte in meinem Kopf Gestalt an. Dabei lag ich weiterhin regungslos im Halbdunkel.

Auch wenn es abwegig klingt und allen Regeln der Vernunft widerspricht: Dengdits Körper kam mir leibhaftiger vor als das Zimmer, in dem ich später wieder zu mir kommen sollte. Er redete nun auf mich ein, schien mal ein Gebet zu murmeln oder stimmte einen archaischen Gesang an. An diese erste Begegnung habe ich nur wirre Erinnerungen. Als der Zauber vorbei war, schwieg er eine ganze Weile.

«Und nun steh auf und iss», sagte er schließlich. «Du hast einen weiten Weg vor dir.»

Dann berührte er mit der Speerspitze meine Stirn und verschwand. Oder ich verschwand – je nachdem, von welcher Seite man es betrachtet.

Als ich die Augen aufschlug, war es schon heller Morgen. Das Fenster stand leicht angelehnt und ein frischer Luftzug streifte mein Gesicht. Wie auf Geheiß betrat eine Schwester mit einem beladenen Tablett das Zimmer.

«Ich habe einen Bärenhunger», sagte ich, und sie lächelte wie ein Engel.

* * *

Das Bernstein-Grab

Am unteren Rand des Gemäldes sieht
man Bereiche, wo die Farbwahl seltsam und verwaschen wirkt, die nur im
selben Hellbraun umrissen sind wie die
Grundierung der Leinwand.
Neil Gaiman, *Beobachtungen aus*
der letzten Reihe

Um ein Auge zu entfernen, müsste er den Leichnam nach
Silver Bay schaffen. Im Labor hatte er alles, was er für die
Sektion brauchte.

Dunn saß in seinem Korbstuhl auf der hinteren Veranda.
Sein erstarrter Blick war auf die Hügelketten am Horizont
gerichtet, die sich dunkel vor dem falbgelben Abendhimmel
abzeichneten. Farnsworth sah zu den Waldkuppen hoch.
Die Ausläufer der Adirondack Mountains erinnerten an
eine liegende Frauengestalt. *Slumbering Maiden* hieß sie bei
den Einheimischen. Sie war Gegenstand des letzten Gesprächs gewesen, das Chester Farnsworth mit Frederick
Dunn geführt hatte. Drei oder vier Wochen mochte das her
sein.

«Sobald sich das Gewand der Algonquin-Lady gold-
braun färbt, werd' ich mich zu ihr legen», hatte Dunn nach
der Untersuchung gesagt.

«Sie haben noch goldene Jahre vor sich», entgegnete
Farnsworth in gewohnter Manier. Er selbst sah im Tod
keinen Feind, vielmehr einen Partner, der die Geschäfte

gnädig übernahm, wenn auf der hiesigen Seite nichts mehr auszurichten war. Aber seinen Patienten gegenüber befleißigte er sich eines zuversichtlichen Tons. Bei Dunn hätte er sich die aufmunternden Worte schenken können. Dunn hatte sein Leben gelebt und wartete auf die Zeit nach der Zeit, wie er sich ausdrückte.

«Durch die unsichtbare Tür treten wir unversehrt ins Licht», hatte er bei anderer Gelegenheit gesagt. «Von unbeschreiblichem Glanz soll es sein. Zu schade, dass ich meine Malutensilien zurücklassen muss. Aber wer weiß?»

Seit dem unglücklichen Sturz vom Pferd vor achtzehn Monaten hatte sich Dunn nicht mehr ganz erholt. Auf den Gehstock konnte er verzichten, aber in den letzten Wochen waren die stechenden Kopfschmerzen zurückgekehrt, die ihn wie niederfahrende Blitze peinigten und seinen Sehsinn trübten. Er mied das Sonnenlicht und war nur noch in den frühen Morgenstunden oder nach Einbruch der Dämmerung mit seinem Hund anzutreffen.

Als Farnsworth am späten Nachmittag das Labor verlassen hatte, wäre er beinah über Dunns Hund gestolpert. Der Amerikanische Foxhound, der auf den Namen Amber hörte, sprang sofort auf und lief auf die offene Straße. Farnsworth schaute sich um. Von Dunn war weit und breit keine Spur. Er ging zurück ins Labor, füllte einen Blechnapf mit Wasser und stellte ihn vor die Türschwelle. Amber rührte sich nicht von der Stelle. Sobald Farnsworth ein paar Schritte auf ihn zuging, entfernte sich der Hund weiter. So ging das eine Weile, bis Farnsworth der Gedanke kam, dem alten Dunn könnte etwas zugestoßen sein. Er folgte dem Hund zum Seeufer, stieg das westliche Waldstück hinauf bis zur Lichtung mit Dunns Anwesen und fand den Alten vor der leeren Staffelei sitzend. Die Finger seiner linken Hand hielten den Pinselstiel wie eine Waffe umklammert.

Es war schon fast dunkel, als der Leichenbestatter mit seinem Schlagkarren vor Dunns Haus eintraf. Jonathan Dalton hatte im Sezessionskrieg auf der Seite der Union gedient und kümmerte sich seither um das Wohl der Gefallenen. Gemeinsam hievten sie den toten Körper in den Holzsarg und Dalton schraubte den Deckel fest.

«War da was mit seinem Auge?», fragte Dalton, als sie die Kiste auf die Ladefläche des Wagens schoben.

Farnsworth wischte sich mit dem Hemdsärmel den Schweiß von der Stirn.

«Hat schon eine Weile dagesessen», sagte er. «Vielleicht ein Kolkrabe. Wie es aussieht, ist der Alte friedlich eingeschlafen.»

Dalton bekreuzigte sich und stieg auf den Kutschbock.

«Kommen Sie nicht mit, Doc?», fragte er.

«Fahren Sie ruhig los. Ich suche noch nach dem Hund. Hat sich vermutlich irgendwo verkrochen.»

Dalton salutierte mit der Gerte und gab dem Pferd die Zügel.

In der Küche fand Farnsworth Streichhölzer und eine Petroleumlampe. Das Einmachglas mit dem Auge in der trüb-braunen Flüssigkeit ließ er auf dem Tisch stehen. Er ging hinüber zur Scheune, stemmte das Tor auf und trat in den düsteren Raum. Amber kauerte vor einer alten Pferdebox und gab ein leises Knurren von sich. Hier fand Farnsworth, was er suchte. Unter Leinentüchern verborgen lagerten Dutzende von Gemälden. Die meisten zeigten den Ausblick auf die Hügellandschaft hinter Dunns Haus. Er hatte das schlafende Mädchen zu allen Jahreszeiten gemalt, aber die Farben wurden immer weniger, bis die letzten Bilder nur noch vergilbten Daguerrotypien glichen.

Farnsworth hob das vorderste Bild hoch und betrachtete es im Lichtschein der Lampe. Es trug den Titel *Sepia Sepulcher, 1895.*

* * *

* Frederick Cunningham Dunn (1829–1895), US-amerikanischer Maler.

Seine ersten Landschaftsbilder entstehen vermutlich unter dem Einfluss der Hudson River School und zeichnen sich durch eine eigentümliche Darstellung der Lichtverhältnisse aus. In seinen späteren Arbeiten wendet er sich zunehmend einem monochromen Malstil zu und gilt heute als Vertreter des radikalen Tonalismus. Charakteristisch für sein Alterswerk ist die vorherrschende Sepia-Tonung, die seinen Bildern in Verbindung mit einem fast fotografischen Realismus den Anschein viragierter Schwarzweißaufnahmen verleiht.

Herr Ibis

Unter der Tür schimmert Licht durch. Herr Ibis sitzt hinter seinem Schreibtisch und starrt auf das gelbe Dokument, das wie ein erlegtes Tier zwischen Aktenbündeln vor ihm liegt. Als das Licht hinter der Tür ausgeht, atmet er geräuschvoll ein, als hätte einer den Schalter umgelegt und eine Pumpe angeworfen. Herr Ibis stößt einen Seufzer aus. In Zeitlupe leckt er sich die Kuppe des Zeigefingers und legt den Papierbogen verkehrt herum auf den linken Stapel. Einen Moment hält er inne. Als das Licht im anderen Raum wieder angeht, legt er mit der gleichen Bewegung das nächste Blatt in die Mitte.

Was meine verwunderten Augen an Herrn Ibis beobachten, ist alles, was ich von ihm weiß, mit Ausnahme seiner Geschichten über Monsieur Pivot. Am meisten stört mich, wenn er beim Lesen mit dem Finger den Zeilen folgt. Seine Lippen formen unhörbare Worte. Ständig sehe ich sie vor mir, diese schmalen, spröden Lippen.

Ich behalte ihn im Blick und frage mich, ob seine Reglosigkeit nur gespielt ist, ob er mich absichtlich verstört. Darüber schüttle ich den Kopf und wende mich wieder meinem Notizheft zu. Seit Wochen halte ich alles fest. Ich brauche Beweise. Ich bin überzeugt, dass Herr Ibis nicht ganz bei Trost ist. Kein Verrückter von der üblichen Sorte. Harmlos, ungefährlich (vermute ich) und von der Langmut eines Gelehrten.

Herr Ibis spricht wenig, aber wenn man in den langen Pausen zwischen den Sätzen nicht vergisst, dass man sich mit ihm unterhält, ist einiges zu erfahren. Dann fängt er von seinem Hund an, den er für einen wiedergeborenen Meister hält. Er wird nicht müde, dessen Gleichmut und Weisheit zu loben. Ins Büro darf er ihn nicht mitbringen, aber voller Stolz hat er mir einmal das verblichene Foto gezeigt, das er in der leeren Brieftasche stets bei sich trägt. Monsieur Pivot ist ein Basset, wenn ich mich nicht irre. Herr Ibis bekommt einen glasigen Blick, wenn er von ihm spricht. Er hebt die Kanzleibrille von der Nase und tupft sich die Augen mit einem gepunkteten Taschentuch, das mich an die Tischdecke in der Puppenstube meines Kindergartens erinnert. Herr Ibis schnäuzt hinein, aber beim nächsten Mal zupft er das Tuch wieder frisch gebügelt aus der weiten Hosentasche.

Es hatte Wochen gedauert, bis ich stutzig wurde.

«Und die Nachbarn?», fragte ich eines Morgens, um ihn ein wenig aus der Reserve zu locken. «Beschwert sich keiner, wenn Monsieur Pivot Laut gibt?»

«Wo denken Sie hin», erwiderte Herr Ibis mit einem nachsichtigen Lächeln. Er siezt mich beharrlich, obwohl ich ihm schon mehrfach das Du angeboten habe. «Harmonischer scholl niemals ein Gebell», intonierte er. «Außerdem ist Monsieur Pivot durch und durch Philosoph. Er ereifert sich nicht.»

Und jetzt kommt's: Herr Ibis senkte seinen Blick und flüsterte: «Wie friedfertig er daliegt und seinen hehren Gedanken nachhängt.»

Wenn ich es vorher nicht gewusst hatte, so stach es mir in diesem Augenblick ins Bewusstsein. Herr Ibis mochte sich unter Kontrolle haben. Aber diesmal hatten sein Blick und die unscheinbare Bemerkung ihn verraten.

Er bildet sich den Hund nur ein!, schoss es mir durch den Kopf. Monsieur Pivot ist ein Hirngespinst. Herr Ibis ist übergeschnappt. Früher oder später werde mich seiner entledigen müssen.

Anderntags tat mir mein harsches Urteil schon wieder leid. Was, wenn er seinen geliebten Vierbeiner längst in Asnières zu Grabe getragen hatte? Nun klammerte er sich an die alte Freundschaft, um nicht vor Einsamkeit aus dem Fenster zu springen. Also ging ich gnädig über den Vorfall hinweg und hütete mich fortan, nach Monsieur Pivot zu fragen. Ich will keine schlafenden Hunde wecken.

Es nützt indes wenig. Ich brauche nur eine Bemerkung über den widerwärtigen Regen zu machen, schon kommt Herr Ibis auf Monsieur Pivot zu sprechen. Er schaue nur so traurig, weil er sich nach seinem Pariser Viertel sehne. Ein kurzer Sommerregen wecke die Düfte des Asphalts und verwandle die feuchten Gassen in wahre Blumenmeere.

«Bildlich gesprochen», fügt er hinzu, als er meinem Blick begegnet.

«Ich verstehe durchaus», erwidere ich rasch. Aber ich verstehe gar nichts und frage mich, ob es ihm helfen würde, wenn ich nach Pivots Todesumständen fragte. Vielleicht brennt dann eine Sicherung durch und Herr Ibis springt mir mit gezücktem Brieföffner an die Kehle. Es wird um schonendes Anhalten gebeten, heißt es in den Nachrichten, wenn einer seinesgleichen gesucht wird. Wahrscheinlich täusche ich mich von Grund auf und Herr Ibis hatte nie und nimmer einen Hund. Kann man es dem Eigenbrötler verübeln, wenn er sich durch plastische Vorstellungskraft am Leben hält? Manchmal bin ich versucht, von meinem Kanarienvogel zu erzählen. Aber das wäre unehrenhaft. Zum einen habe ich keinen, zum anderen würde mich Herr Ibis sogleich durchschauen. Das könnte ihn zur Weißglut treiben.

Brieföffner, wiederhole ich in Gedanken. Als Herr Ibis mir den seinen über den schmalen Grat zwischen unseren Tischen herüberreicht, wird mir klar, dass ich das Wort laut ausgesprochen habe. Beginnt seine Verrücktheit auf mich abzufärben? Ich kann jeden verstehen, der zum Mörder wird.

«Sie können ihn mir zurück aufs Pult legen, wenn sich der Ihre wieder eingefunden hat», sagt er, die Sanftmut in Person. Er zückt seine Taschenuhr, streicht sich über das schüttere Haar und nimmt seinen Hut vom Ständer. «Es wird Zeit», sagt er wie immer um diese Zeit. «Monsieur Pivot wartet auf sein Abendessen und unseren philosophischen Abendspaziergang.»

Ich bleibe mit dem Brieföffner in der Hand sitzen. Vor den Fenstern ist es dunkel geworden, und als das Licht unter der Tür endgültig ausgeht, mache ich mich auf den Weg.

Am nächsten Morgen komme ich fünf Minuten zu spät in die Kanzlei.

Da der Regen wieder eingesetzt hatte, war ich in eine Straßenbahn gestiegen. Auf der Höhe des Stadttheaters riss mich ein Ruck aus den Gedanken. Lautes Quietschen dröhnte in meinen Ohren. Ein Fußgänger hatte unter seinem Schirm nicht auf den Verkehr geachtet. Es herrschte viel Aufruhr. Die Leute sprangen von ihren Sitzen, versperrten die Ausgänge und versuchten einen Blick auf die Unglücksstelle zu werfen. Die letzten Meter musste ich zu Fuß zurücklegen. Am Straßenrand neben den Schienen lag ein schwarzer Filzhut im Rinnstein.

Ich stürme in den Büroraum. Der Platz von Herrn Ibis ist verlassen.

Benommen werfe ich mich auf seinen Stuhl. Der Garderobenständer gerät ins Wanken und poltert zu Boden. Von der Treppe her höre ich hastige Schritte und gleich darauf ein lautes Klopfen an der Tür. Zwei fremde Männer betreten den Raum.

«Sie sind ja kreidebleich», sagt der ältere von beiden. «Ein Glas Wasser», murmelt der andere und verschwindet im grellen Licht des Vorraums.

«Ihm wird doch nichts zugestoßen sein?», stammle ich.

Der Ältere schaut mich nur an.

«Herrn Ibis», erkläre ich.

Er schüttelt den Kopf.

«Wenn Sie den Neuen meinen, der fängt erst nächste Woche an. Wir sind froh, dass Sie endlich Gesellschaft bekommen und Ihnen jemand bei den Akten zur Hand geht.»

Ich zucke mit den Achseln und führe das Glas an die trockenen Lippen.

«Jetzt lassen wir Sie kurz alleine», sagt der Ältere und wirft dem anderen einen verstohlenen Blick zu. Mir wird schwindlig.

Später sitze ich im Dunkeln. Herr Ibis verspätet sich, notiere ich in meinem Heft. Vielleicht musste er dringend zum Tierarzt. Es gibt keinen Grund zur Sorge.

Unter der Tür geht das Licht an. Ich vernehme Schritte. Mein Herz pocht wie verrückt.

Alles wird gut, denke ich. Jeden Moment wird seine bleiche Gestalt ins Zimmer treten.

* * *

Viola da Gamba

Ihren Namen weiß ich bis heute nicht. Medicus, dieser gemeine Hund, stellte sie mir damals als seine Schwester vor, und ich Trottel hab das geglaubt.

Obwohl er zwei Jahre älter war als ich, kam es, dass wir gemeinsam in die Rekrutenschule einrückten. Er hatte sich im Ausland herumgetrieben, aber als er wieder in der Schweiz auftauchte, haben sie ihn sofort eingezogen. Er gab an, in Florenz Medizin zu studieren, und landete wie ich bei den Sanitätern. Deshalb sein Spitzname. Aber ich glaube, auch das ist auf seinem Mist gewachsen. Ich kannte ihn von der Schule, den großen Aufschneider aus der oberen Klasse, um den sich auf dem Pausenhof Trauben scharten, wenn er sich mit Heldentaten aufspielte oder eins seiner kleinen Kunststücke vorführte. Wir haben nie ein Wort gewechselt, denn mit uns Windelscheißern hatte er nichts zu schaffen.

Als wir im Zeughaus die Uniformen fassten, stand er plötzlich in der Reihe hinter mir und machte eine obszöne Bemerkung – von wegen Hosengröße und dass man darin viel Platz braucht. Trotz Verstellung hab ich ihn gleich an der Stimme erkannt. Wenn er Anzüglichkeiten zum Besten gab, nahm sie einen widerwärtigen Klang an und kippte in ein noch widerwärtigeres Krächzen, das sich alsbald in ein heiseres Gekicher verwandelte. Für den Rest des Tages bekam ich ihn nicht mehr zu Gesicht, aber als wir im Schlafsaal die zugewiesenen Betten bezogen, kam der Wichser prompt neben mich zu liegen. Wie die meisten fühlte ich mich beschissen und einsam. Kein Wunder also, dass ich mich an ihn klammerte.

Nach ein paar Wochen fragte er im Ausgang ganz unvermittelt, ob ich das Wochenende bei ihm, im Hause seiner Eltern am Bodensee verbringen wolle. Medicus hatte nie von seiner Familie gesprochen und in meiner Unwissenheit hielt ich ihn für ein Einzelkind. Als wir am Samstag ankamen, bemerkte er beiläufig, die Alten seien weggefahren, wir hätten das Haus also ganz für uns. Dabei zwinkerte er verschwörerisch und fuhr sich mit der feuchten Zunge über die Oberlippe.

Er ließ mich im großen Wohnzimmer stehen, um oben nach sauberen Betten zu suchen. Ich studierte die alten Holzschnitte und Stiche mit Motiven aus der Seegegend. Aus einem der angrenzenden Räume vernahm ich leise Geigenmusik. Anfangs hielt ich es für eine Plattenaufnahme, dann aber brach die Melodie ab und einer der schwierigen Läufe wurde mehrmals wiederholt, mit trotziger Hartnäckigkeit, was die Sache nur verschlimmerte. Als die Musik schließlich aussetzte, hörte ich hinter mir die Tür gehen.

Ich wandte mich um, und da stand sie, den Carbonbogen noch in der linken Hand. Mit einer leichten Drehung des Kopfes, anmutig und weich, aber doch energisch, warf sie die Haare, die ihr Gesicht wirr verdeckten und an den Wangen klebten, über ihre Schultern zurück. Ein mädchenhaftes Gesicht kam zum Vorschein, blass, die Wangen leicht gerötet, grüne Katzenaugen, die den Eindringling musterten. Ich blieb wie angewurzelt stehen. Die fließende Harmonie ihrer Kopfbewegung, voll selbstbewusster Schüchternheit, traf mich unvorbereitet wie eine Epiphanie, spielte sich vor meinem inneren Auge mehrfach hintereinander ab, gleich einer Filmschleife in Zeitlupe, in der die Haare in immer der gleichen Woge aufflogen, schwebend in der Luft verharrten und sich über den Nacken entfächerten, um vom Sonnenlicht schillernd durchleuchtet zu werden. Wie ein Wesen aus einer anderen Welt, das es hier gar nicht geben konnte, war sie eingetreten und erfüllte den Raum mit ihrer glühenden Erscheinung.

Medicus holte mich unsanft auf den Boden zurück.

«Meine Schwester», murmelte er verärgert und überließ es mir, mich stammelnd und mit gesenktem Blick vorzustellen. Sie reichte mir ihre zartgliedrige Hand, legte sie kühl und feucht in die meine, und als sie ihren Namen nannte, waren ihre Worte in meinen tosenden Ohren kaum mehr als ein stimmloses Flüstern. In ihrem Gesicht lag eine undurchsichtige Ähnlichkeit, aber ich meinte eine geschwisterliche Vertrautheit zwischen den beiden zu spüren, eine verborgene Intimität, die mich aufreizte und mir einen Blick hinter seine Maske verhieß und den großen Medicus als hundskommunen Wurm offenbaren würde.

Ich weiß nicht, wie lange ich als Ölgötze dastand und dieses Mädchen mit offenem Mund anstarrte. Als ich ihres Blickes gewahr wurde, errötete ich, schaute aber weiter verstohlen auf ihren Körper, ohne zu verstehen, was mit mir vorging. Sie ließ es zu, als wüsste sie mit meiner scheuen Verwirrung zu spielen, als durchschaue sie mein stilles Begehren und billige es. Dabei war sie nicht einmal besonders hübsch, aber in diesem Moment der Bezauberung erschien sie mir in einem verführerischen Licht, und geheime Gelüste erregten mich bis hinein in die Träume jener Nacht, wo ich in meiner Fantasie den fehlenden Mut unter fiebriger Leidenschaft begrub. Ihr gewelltes Haar, das im einfallenden Schein des Fensters einen kupfernen Schimmer annahm, das kühle Grün ihrer Augen, ihre kleinen Brüste, deren zarte Form ich unter dem schwarzen Kleid mehr erahnen als erkennen konnte – all das ließ meine Sinne flirren.

Des Nachts kam sie mit ihrem Instrument in mein Zimmer, um bei flackerndem Kerzenschein zu spielen. Die Viola zwischen ihren Beinen, zog sie ihr batistenes Hemd über die Knie, dass ich vor Verlangen fast zerplatzte. Mit einem magischen Handgriff löste sie endlich den Knoten und ließ ihr Kleid von ihrem Körper gleiten. Im gleichen Augenblick ging das Licht aus, noch bevor ich von ihrer Nacktheit mehr als eine flüchtige Ahnung erhascht hatte. Ich hörte nur mein Herzklopfen und den schnellen Atem, hauchte ein Stöhnen in die Dunkelheit, damit sie wüsste, wie sehr ich sie begehrte. Aber nichts geschah, als sei der Bann gebrochen. Weiß der Himmel, was ich in diesen zitternden Minuten noch alles an Dummheiten von mir gab. Als ich mich erhob, um Licht zu machen, knallte die Türe zu und die tippelnden Schritte im Flur wurden von einem heiseren Gekicher begleitet, das ich zu kennen glaubte.

Hatte Medicus uns aus einem heimlichen Versteck beobachtet, gar alles inszeniert, um sich für eine heiße Nacht mit der Geliebten scharf zu machen? Oder – das beschäftigt mich heute noch – war er es selber, der mich, benebelt und betrunken, mit Perücke und Nachthemd zum Narren hielt und sich an meiner Demütigung delektierte?

Am Morgen verlor ich aus Scham kein Wort darüber. Sie setzte sich an den Frühstückstisch, schlürfte eine Tasse Tee, rauchte drei Zigaretten und ließ sich für den Rest des Tages nicht mehr blicken. Aus einem fernen Zimmer wehten Geigenklänge herüber, dass es mir die Kehle zuschnürte.

Als ich Medicus später auf die letzten Zugsverbindungen ansprach, winkte er verächtlich ab und meinte, das hätte er hinter sich. Er sei für dienstuntauglich erklärt worden und sie führen morgen zu seinen Eltern ins Engadin. Ich schaffte es gerade noch in die Kaserne, wo mir die Verspätung von 34 Minuten eine Woche Weckdienst und WC-Tour bescherte.

Den Medicus sah ich nie wieder, aber in meinen Träumen hör ich noch oft die Viola.

* * *

Halt auf Verlangen

Ein lautes Knacken ließ Robert K. hochfahren. Sofort war er hell wach.

Obwohl er sich nur flüchtig an den Traum erinnern konnte, wusste er mit untrüglicher Gewissheit, dass sie sich wieder eingeklinkt hatten. Der Schaltkreis war geschlossen, und für die nächsten Stunden oder Tage würden die Wesen aus der fernen Welt die Kontrolle über sein Leben übernehmen. Mittels Fernbedienung war es ihnen ein Leichtes, jeden seiner Schritte und mit der Zeit auch seine Gedanken zu steuern. Augenblicklich beschloss er, keinem Impuls mehr zu folgen, der nicht sein eigener wäre. Nur so bestand Hoffnung, sich gegen den Einfluss der fremden Macht zu behaupten. Solange er sich nicht von der Routine des Alltags entfernte, war er sicher. Gleich fühlte er sich besser. Er ließ sich wieder in die Kissen sinken, bis der Wecker die abdriftenden Gedanken zurückholte und zu einem einzigen Impuls bündelte. Er stand auf, stellte sich unter die Dusche, zog seine Arbeitskleidung an, die er am Abend zuvor bereit gelegt hatte, trank eine Tasse Tee und aß seine Frühstücksflocken, ohne das Hemd zu bekleckern. Wie jeden Morgen war er zwei Minuten zu früh am Bahnsteig und reihte sich in die Gruppe gähnender Zombies ein, die auf die Einfahrt des Pendlerzuges wartete.

Kaum hatte er im Abteil Platz genommen, wanderte sein Blick über den Zeitungsrand hinauf zur Tür und zum roten Griff der Notbremse. Schon als Kind hätte er sie gerne ausprobiert, aber damals war er noch zu klein, und später hatte sich keine notwendige Gelegenheit geboten. Die Versuchung, das spürte er jetzt, war noch so lebendig wie in jungen Jahren. Sein Kopf wurde heiß und in seinen Händen machte sich ein Kribbeln breit.

Aus dem Lautsprecher war ein kurzes Knacken zu vernehmen. Durch das Tosen eines reißenden Wasserfalls meldete sich eine fremde Stimme und begrüßte ihn im Namen des unsichtbaren Zugteams an Bord eines Schnellzuges nach Draglop Mlekhnas Zembla Laputa Tsalal Provan Zamonien Erewhon Galmia und wünschte ihm eine angenehme Reise. «Nächster Halt: Ma—», hörte er noch, aber die Stimme ging im Rauschen unter und Robert K. hatte den Griff schon fest in der Hand.

Als er nach einer Ewigkeit zu sich kam, lag er ausgestreckt auf einer weichen Wiese inmitten blauer Blumen. Er blinzelte ins Licht. An der Sonne schienen sich bunte Bläschen zu bilden, die sich von der Korona lösten und ins All gewirbelt wurden. Bestimmt war es nur ein Traum.

Ein lautes Knacken ließ ihn hochfahren.

* * *

Stimmprobe

Das Tonband läuft, aber ich habe noch kein einziges Wort rausgebracht. Ich lege mir die Sätze zurecht wie Sezierbesteck. Ich baue Druck auf. Es muss authentisch klingen. Man muss die Angst in der Stimme spüren. Also stelle ich mir vor, dass ich in einem modrigen Kellerloch hocke und auf meine Peinigerin warte. Wenn ich es falsch angehe, bricht sie mir das Genick. Ich ende als verscharrte Leiche in einem abgelegenen Waldstück. Eine Joggerin findet mich. Oder der Hund eines Frühaufstehers spürt mich in der feuchten Erde auf. Ich sehe schon die schwedischen Kommissare, wie sie mit der Spusi anrücken und angewidert auf mich runterschauen. Die Maden verraten, wie lange ich schon dort liege und verrotte. Fundort und Tatort stimmen nicht überein, sagt der Pathologe trocken, als ich in der nächsten Einstellung mit dieser perlenartigen Brustnarbe auf seinem Chromtisch liege. Keine schlechte Rolle, denke ich, aber ohne Rückblenden auf mein versautes Leben braucht es mich nicht. Leichen bleiben stumm.

Ich war der Narr des Königs, Blutsauger im Morgengrauen, Zombie aus der Familiengruft, aber für die meisten bin und bleibe ich der Sklave der Wikingerin. Kaum eine Party, an der ich nicht erkannt und damit aufgezogen wurde. Mit der Zeit bildest du dir weiß ich was ein auf Fans, Follower und falsche Freunde. Wenigstens hast du als Freak einen Flirtvorteil. Die Bräute hüpfen in den Sack, pusten das Licht aus und räkeln sich wie die nordische Herrin in deinen Armen. Hör sich das einer an! Ich klinge schon wie eine meiner Flachfiguren.

Dann werden die Partys weniger und irgendwann nervt es nur noch.

Angefangen habe ich als Geräuschemacher und wurde durch Zufall entdeckt. Der Psycho von Regisseur hatte mich vor der ganzen Belegschaft zusammengestaucht. Das Quietschen der Kellertüre höre sich an wie das schmachtende Seufzen der Cheerleader-Queen, wenn der Captain der Footballmannschaft ihr ans Knie fasst. Der Wicht bestand aus lauter Klischees. Aber mit seinem drittklassigen Fernsehkrimi wollte er Filmgeschichte schreiben. Deshalb musste die Kellertüre an Hitchcock erinnern. Ich erwiderte, welche Kellertüre aus welchem Hitchcock ihm denn vorschwebe und ob es nicht auch ein Kubrick täte oder gleich etwas von Di-Dabbelju Griffith. Hätte ich alles griffbereit. Außer mir hat keiner gelacht. Ich dachte schon, jetzt springt er mir an die Gurgel. Aber er stierte in die Stille und sagte plötzlich: «Red weiter, Mann. Das ist genau das, was ich suche.» Ich hatte keine Ahnung, was er da faselte. Wollte er mich auf den Arm nehmen? Das war es aber nicht. Er hatte sich nur in meine Stimme verliebt. Schon tags darauf durfte ich dann für einen bleichen Synchronheini einspringen. Der hatte sich an der Hotelbar die Kante gegeben und brachte nur noch klägliche Krächzer raus. Wir fürchteten, er würde im nächsten Augenblick das Mikro vollreihern. Wicht setzte ihn vor die Tür und zerrte mich in die Tonkabine. Das war mein erstes Engagement. Ich musste einen öligen Butler dubben. Etwas zwischen Klaus Kinski und Christoph Waltz, meinte Wicht bedeutungsvoll.

Der Rest ist Geschichte. Nach ein paar Werbespots kamen Aufträge fürs Fernsehen, seichte Kost fürs Vorabendprogramm, Daily Soaps und Sitcoms mit Lachkonserve. Für meinen kometenhaften Aufstieg sorgte erneut ein Zufall. Als nach einer Weile nur noch Anfragen für fade Firmendokus, Anrufbeantworter und Softpornos reinkamen, nahm ich mir eine Auszeit in Australien. An einer Party in Sydney lernte ich einen Produzenten kennen und nach ein paar K.o.-Drinks knutschten wir ein bisschen herum. Er fand meine Stimme umwerfend, und weil er bei Fox gerade den Piloten für eine neue Serie drehte und als Showrunner vorgesehen war, wollte er mich als deutsche Stimme vorschlagen. Das werde ein Blockbuster, lallte er selbstgefällig, zehn Mal schärfer als *Game of Thrones*.

So wurde ich zum Sklaven der Wikingerin.

Meine Karriere nahm Fahrt auf. Mit einem Mal war ich gefragt. Man brauchte nur die Kiste anzumachen, um mich auf allen Kanälen zu hören. Ich lenkte das Mutterschiff der Föderation durch galaktische Wurmlöcher. Ich war Bankräuber mit Migrationsvordergrund. *Flossen auf'n Boden, Mann*, improvisierte ich. *Das iss'n Raumüberfall!* In der Kantine grölte die ganze Crew und der Dialogregisseur meinte mit ernster Miene, das lassen wir so, genau so. Aber ich gab nicht nur die abgebrühten Typen. In einer Romantikschnulze war ich alleinerziehender Vater und hatte eine

Tochter mit Tumor und Liebeskummer. Für Jennifer Lawrence rettete ich den überhitzten Planeten vor dem Kollaps und als versoffener Dichterschönling brachte ich reiche Witwen wie Jane Fonda um Verstand und Vermögen. Die Serien liefen klasse und nachts um drei, wenn in L. A. die Big Shots zum Lunch gehen, lag ich wach und wartete auf einen Anruf von Tarantino oder Soprano. Es war nur eine Frage der Zeit, bis man mich als neue Feststimme von Matt Damon oder Leonardo holte oder wenigstens für einen dieser skandinavischen Shootingstars besetzte. Dann brachen die Quoten ein. Die australische Serie lief inzwischen auf Netflix, aber in der dritten Staffel musste der Sklave ins Gras beißen und die Wikingerin schnappte sich einen neuen. Ich versuchte ins seriöse Fach zu wechseln. In einer dänisch-finnischen Familiensaga war ich das schwarze Schaf des Clans. Aber die Geschichte um Inzest und Intrige war so abstrus, dass es nur für eine Miniserie reichte. Die Familienmitglieder hatten sich gegenseitig um die Ecke gebracht. Wer denkt sich bloß so einen Schwachsinn aus? Alles war perfekt synchronisiert, aber der Sender bekam kalte Füße und strahlte das dämliche Drama als Delikatesse nach Mitternacht aus. Im Original mit Untertiteln.

Ich landete wieder bei den Werbespots. Die sonore Off-Stimme der Partnervermittlung, das bin ich. Ich gebe der Einsamkeit eine Stimme. Ich bringe Menschen zusammen und lasse die Loser hoffen. Alles umsonst. Wahrscheinlich lachen sich die Leute schlapp, wenn der Versicherungsvertreter oder der Hausmann mit dem bekloppten Zauberschwamm den Mund aufmacht und wie der Sklave der Wikingerin spricht.

Das gestern gab mir dann den Rest. Ich hatte einen Tipp bekommen und meldete mich für ein Vorsprechen. Endlich etwas für die große Leinwand, dachte ich. In Dolby und 3-D. Ich sah mich schon mit dem Synchron-Oscar in der Hand von der Bühne stelzen. Als ich das Tonstudio betrat, war ich zum ersten Mal nervös.

Der Regisseur war schon da, saß auf einem Hocker im Halbdunkel und winkte mich ans Mikro. Ich gab ein paar Kostproben und seine ständig wedelnde Hand bedeutete mir weiterzumachen. Schließlich reichte mir seine Assistentin einen Wisch und er nickte mir auffordernd zu. Also lege ich los, übertreib's vielleicht ein bisschen, aber ich bin gut, richtig gut.

Nach einer langen Pause fragte ich, ob ich den Job bekomme. Er drehte die Leselampe so, dass ich ein halbes Gesicht zu sehen bekam, und quäkte: «Das würde dir so passen. Fahr zur Hölle, Sklave!»

Auf dem Weg nach draußen drückte mir die Assistentin zur Abgeltung der Spesen einen Essensgutschein für die Kantine in die Hand. Dann traf es mich wie ein Blitz. Dieser krächzenden Stimme war ich schon mal begegnet. Vor meinem inneren Auge tauchte das Gesicht des Butlers auf.

* * *

Adeles Aufstieg

Adele Abderhalden, Adoptivtochter alteingesessener Apotheker aus Affoltern am Albis, arbeitet Anfang Achtzigerjahre aushilfsweise als Aupairmädchen aristokratischer Aargauer. Angenehme Aufgaben. Außerdem allerhand Annehmlichkeiten: aparte Attikawohnung, ausgedehntes Anwesen, Auto auf Abruf, allabendlicher Ausgang. Andererseits aufreibend. Arbeitgeber ausgesprochen angetan, aber arrogant. Aufgrund altertümlicher Auffassungen Adeles adrettes Aussehen als Aufforderung ausgelegt, also andauernde Anmache, Anzüglichkeiten aller Art, auch anstößige Anspielungen auf Adeles aufreizenden Arsch. Adele appelliert an Anstand. Aufdringliche Avancen ausdrücklich abgewiesen. Abermals Anzeige angedroht. Anrüchiger Angeber aber außerordentlich amüsiert. Anschuldigungen als absurd abgetan. Alles ausgedacht, annotiert abgehalfterter Advokat auf Anweisung. Alberne Ausflüchte. Alkohol als Ausrede. Anstellung also abrupt aufgekündigt. Aufgeschlossene Arbeitgeberin allerdings ahnungslos. Also Aussprache, ausführliche Abklärungen angeordnet. Andere Absichten, argumentiert Adele ausweichend, attraktives Angebot aus Argentinien, allenfalls Aussicht auf Anstellung als Auslandkorrespondentin auf australischem Atoll. Also aufbrechen, abreisen, anderswo anfangen. Adieu Aarau. Ade Abendland.

Am Airport aufgehalten. Allgemeiner Aufruhr. Alarm ausgelöst. Amerikanischer Airbus aus Asien angeblich angegriffen, Absturz aber abgewendet, Angreifer abgeschossen. Anschläge auf andere Airlines angenommen. Aus Angst alle Auslandflüge annulliert. Abflughalle allseits abgeriegelt. Armeekräfte angefordert. Antiterroreinheiten an allen Ausgängen aufgestellt. Aggressive Anspannung ansteckend. Abessinischer Außenminister als Auslöser angeschuldigt, aufgrund aufwiegelnder Ansprache ausgewiesen.

Am Abend aktuelle Abflüge auf Anzeigetafel angekündigt. Abfertigung allerdings anstrengend. Aufgeregter Angestellter argwöhnt Affront an Alteidgenossenschaft aufgrund Adeles Ansinnen, ausgerechnet am Augustfeiertag auszuwandern.

Adele antwortet artig auf alles. Argloser Augenaufschlag assoziiert ausschließlich altruistische Absichten: akademische Ausbildung abgebrochen, aber ab achten August Arbeit als Arztgehilfin an aserbaidschanischer Augenklinik angestellt. Auskünfte ausreichend. Ausweise, Arbeitspapiere, Anstellungsvertrag – alles abgestempelt. Adele atmet auf.

Anschließend an Ankunft abenteuerliche Anreise auf abgeriegelten Alleen. Aufmarsch alliierter Armeen. Ambulanzfahrzeuge allgegenwärtig. Aufsteigende Aufklärungshelikopter achten auf agitatorische Ansammlungen aufgebrachter Araber. Allenthalben Anschläge auf Autobusse, Atomkraftwerke, Amtsgebäude.

Adele aufgeregt, aber auch abgebrüht. Am Arbeitsplatz ausgesprochen amikal aufgenommen. Aperitif, anschließendes Abendessen, ausgelassene Atmosphäre.

Adele arbeitet aufopfernd. Anfangs anspruchsvolle Aufträge, aber als Ausländerin alsbald andauernder Anfeindung ausgesetzt. Auch Abteilung alles andere als angenehm. Angespanntes Arbeitsverhältnis, Anerkennung ausbleibend. Apropos Ausbildungsziele absolut andere Auffassungen als Arbeitgeber. Alles ausdiskutiert, aber Annäherung anscheinend ausgeschlossen. Ausnahmslos aberwitzige Anschuldigungen. Auseinandersetzungen arten allmählich aus. Adele ahnt argen Ausgang.

Am achtundzwanzigsten April Anstellungsverhältnis aufgelöst, anstandslos ausbezahlt. Adele appelliert aufgebracht an Anstaltsleitung. An Audienz Anliegen aufmerksam angehört, alles akribisch aufgezeichnet, auch aufrichtige Anteilnahme angedeutet, aber Antrag abgelehnt. Alles Ansichtssache, antwortet aalglatter Aufsichtsrat abschätzig. Anstatt aufzubegehren akzeptiert Adele ansehnliche Abfindung.

Anderntags angeklagter Arzt an Arterie angeschossen. Astreines Alibi aufseiten Adeles. Abstreiten aussichtslos, argumentiert Adeles achtbarer Anwalt. Augenblickliche Abreise angezeigt, andernfalls Anklage, Arbeitslager, alsdann Abschiebung.

Aktuell arbeitet Adele (alias Adelheid) am allermeisten abends – als Assistentin altehrwürdiger Adventsnikoläuse aus Appenzell Außerrhoden.

Alle Achtung!, applaudieren Abertausende (auch Antifeministinnen).

Aufgepasst!, alarmieren andere: Adele aspiriert. Aufstieg allerdings abwegig.

41

Aber, aber, antwortet Adele. Abwarten: Alles Anwärter auf amtliche Altersrente. Abgänge aus Altersgründen also absehbar.

* * *

Der Leser als Mörder

Mit gelegentlichen Neuauflagen seines langjährigen Ver-
kaufserfolgs kommt das Autorenkollektiv wohl dem Wunsch
nach, seinen *Roman à Fleuve* den neuen Lebensumständen
der ausgehenden 1980er-Jahre anzupassen. Das Buch ist
mittlerweile fast in jedem Haushalt zur Selbstverständlich-
keit geworden. Der Nachschlageroman von enzyklopädi-
scher Fülle ist vorläufig auf 18 Bände angelegt. Rein vom
Umfang her stellt er damit gewiss den größten Beitrag zur
heutigen Literaturszene dar. Inhaltlich-geografisch wird
die ganze Schweiz in 16 Regionen aufgeteilt, wobei den
größeren Städten jeweils ein eigener Band zukommt.

Bestseller helvetischer Gebrauchsliteratur
Durch die Ansiedlung der Handlung in der näheren Um-
gebung der Leser erhält die Geschichte mehr Authentizität
und Mittelbarkeit. Der Leser oder die Leserin kann selbst
als Figur im Roman erscheinen und kommt somit als Zeuge,
Tatverdächtiger oder Opfer in Frage. Eingefügte Karten,
die eine Übersicht der Handlungsorte geben, steigern diese
Mischung aus Fiktion und Wirklichkeit noch weiter. Um
gleichzeitig eine möglichst große Leserschaft anzusprechen,
ist der Roman in weiten Strecken sogar drei- und mehr-
sprachig gehalten. Leider haben es die Autoren dabei ver-
säumt, auch unserer vierten Landessprache Rechnung zu
tragen.

Titel mit nostalgischen Zügen

Wenn man bedenkt, wie nahtlos sich das vorliegende Werk in das vielfältige Kommunikationsgefüge unserer Zeit einfügt, bekommt der überaus einfache Titel *Telefonbuch** fast nostalgische Züge. Der Eindruck wird durch die einfache Umschlaggestaltung mit einer idyllischen Illustration noch verstärkt. Der Schein trügt aber, denn hinter dieser vertrauenserweckenden traditionellen Aufmachung verbirgt sich eine neue, raffinierte Form des Kriminalromans, der es an postmodernen Techniken und Spielereien nicht fehlen lässt.

Dazu darf man auch die originelle Idee zählen, das Buch gleichzeitig unter einem nichtliterarischen Zweck zu vertreiben und als Träger von nützlicher Information allgemein zugänglich zu machen. Unsere herkömmlichen Telefonzellen werden so zu Telefon-Buchzellen, einer Alternative zur Großbibliothek. Die Bücher können hier zwar nicht ausgeliehen werden, aber diese Mini-Bibliotheken sind 24 Stunden am Tag geöffnet und benötigen kein Personal. Auch das gedruckte Buch ist also in der Lage, der wachsenden Konkurrenz von Fernsehserien, Videospielen und den sogenannten Computerromanen einiges entgegenzuhalten.

Keine Lektüre «von vorn nach hinten»

Das Telefonbuch trägt Züge des Kriminal- und Spionageromans. Hinter Code-Namen wie «Internationaler Dienst»,

---

* PTT, *Telefonbuch*. Band 14. Gültig 10.5.89–10.90. 1074 Seiten.

«Die dargebotene Hand» und «PTT-RAPID 142» könnten sich durchaus Angehörige von Geheimorganisationen verstecken. Diese Bücher widersetzen sich einer Lektüre von vorne nach hinten. Sie werden vielmehr kreuz und quer gelesen. Den Lesern kommt dabei eine aktive Rolle zu, wenn es etwa darum geht, die verdächtigen Personen und schließlich den Mörder ausfindig zu machen. Wer kannte das Opfer? Wer rief aus einer der auf Seite 63 aufgeführten Autobahnraststätten in der Wohnung des Opfers an und legte auf, als sich die Polizei am Apparat meldete? In der kurzen Dialogpassage auf Seite 66, einer Schlüsselstelle des Romans, werden wir zum Beispiel Zeugen eines mysteriösen Anrufs:

– Mit wem möchten Sie sprechen?
– Mit wem spreche ich?
– Sie sprechen mit ...
– Ich möchte gerne Herrn X sprechen.
– Herr ... ist nicht da. Kann ich etwas ausrichten?
  [...]
– Kann ich mit dem Vertreter von Herrn ... sprechen? Könnten Sie Herrn ... bitten, mich anzurufen? [...] Ich möchte mit jemandem über ... sprechen? Der Anruf ist sehr dringend.
– Könnten Sie bitte lauter sprechen? Ich verstehe nicht.

Da die Verständigung schlecht ist, dürfte es sich um ein Ferngespräch handeln, wahrscheinlich aus dem Ausland. Herr X muss den Anrufer kennen, denn dieser hinterlässt weder Name noch Telefonnummer. Vermutlich ist X zu diesem Zeitpunkt verhindert oder bereits tot. Als Täter kommt die Person in Frage, die an seiner Stelle antwortet. Sie ist aber nicht in der Lage, dem Anrufer wichtige Informationen zu entlocken.

Zu den Schwächen des Buchs gehört mitunter das Missverhältnis von Handlung und Figuren. So mutet der ganze mittlere Teil des Werks wie eine gewaltige Liste von *dramatis personae* an. Doch das ist der Preis, den ein den Leser – jeden Leser – einbeziehendes Werk bezahlen muss. Die Verquickung von anspruchsvoller Belletristik und Gebrauchsliteratur für den Alltag kann ebenfalls nicht durchwegs als gelungen betrachtet werden.

Lästige Wiederholungen

Auf der einen Seite besticht der Roman zwar durch seine stilsichere, präzise Faktizität, auf der anderen kommt er, vor allem in den Rahmenhandlungen, nicht ohne lästige Wiederholungen aus.

Wenn das Buch im Ganzen gesehen eher wenig Handlung aufweist, so häuft sich diese dann auf den letzten Seiten doch fast bis zur Unerträglichkeit. Diese Wirkung wird durch die straffe, auf Beschreibungen und Erklärungen weitgehend verzichtende Prosa verstärkt. Im letzten Kapitel heißt es plötzlich «Lebensgefahr!», und die Ereignisse überstürzen sich. Allerdings werden wir zeitweise im Unklaren gelassen, ob das Opfer bewusstlos ist und ob die Blutungen auf Schüsse oder andere Verletzungen zurückzuführen sind. Kurz nach

Ausbruch eines Feuers ertönen auch schon Sirenen. Die Dramatik der Ereignisse spitzt sich zu einem absoluten Höhepunkt zu. «Schutz suchen. Gefährdetes Gebiet verlassen», heißt es noch, kurz bevor das «Ende der Gefahr» auch das Ende des Romans signalisiert und sich die hohen Wogen des Geschehens wieder beruhigen. Aber das Verbrechen bleibt ungeklärt. Der Roman verwehrt uns die fertigen Lösungen, wie er uns auch den Meisterdetektiv verwehrt. Es sind die Leser, die den Schlüssel in der Hand haben. An ihnen liegt es, das Geheimnis zu lüften und ihre eigene Rolle zu bestimmen: Detektiv, Hauptfigur, Zeuge, Opfer. – Mörder?

* * *

Letztes Licht

Seit meine Sonne untergegangen ist, herrscht hier finstere Dunkelheit. Nur in meinem Kopf noch die lichten Schatten von früher, körperlose Empfindungen, Träume einer Außenwelt. Über mir baumelt wohl ein Galgengriff. Durch das leicht geöffnete Fenster kriecht die klebrige Großstadthitze ins Zimmer. Kein Vorhang und keine Brise, in der er sich wiegen könnte. Alles ist feucht, die porenlosen Wände schwitzen. Wie fettiger Dunst aus einer Hinterhofküche lastet die Luft auf mir, setzt sich schwer auf meine Brust und hält den Atem im Würgegriff. Rundherum ein Feld von Pilzen und modrigem Schimmel.

Der Ruf nach der Schwester verhallt in der Abgeschiedenheit meines Geistes, ein Phantomschrei ohne Widerhall.

Dann setzt sie ein, eine schwache Trübung des Lichts. Ein paar Sonnenstrahlen der Erinnerung läuten es ein. Das letzte Erwachen.

In Gedanken liege ich an einem anderen Ort, in einer Stadt, die ich nie gesehen habe. Ich fühle die mediterrane Sonne auf meiner Haut. Draußen die Szenerie des Südens. Aus der Gasse hinter dem Hotel dringen Geräusche herauf, ein Hund fängt an zu bellen und lautes Palaver sickert durch die Lichtschlitze der Fensterläden. Im Nebenraum liebt sich ein Paar, das eben noch gestritten hat.

Nach der Dusche ruhe ich mit bloßem Oberkörper auf dem gemachten Bett, goldene Zebrastreifen auf der feuchten

Haut. Früher hätte ich auf ihre Hand gewartet. Oder der Duft von frisch gemahlenem Kaffee holt mich aus der sixtinischen Siesta. Und dann sehe ich es wirklich. Ein Karussell des Lichts. Jemand stößt eine Türe auf, zieht den Vorhang weg und leuchtende Farben wirbeln herein. Eine Hand zum Greifen nah.

«Decken Sie ihn doch bitte zu.» Eine Stimme, dicht an meinem Ohr.

Nun stehe ich daneben und sehe mich da liegen. Auf den Lippen ein Lächeln.

«Decken Sie ihn doch bitte zu», sagt der Arzt zur Schwester. Weit weg schon.

Sie fährt mir mit der Hand übers Gesicht und schließt ihm die Augen. Dann zieht sie die weißen Laken über mich und deckt ihn zu.

* * *

Ein Kunststück

Viele Besucher blieben stehen. Andere gingen verlegen weiter. Ein dürftiger Bilderrahmen schien einen Ausschnitt der weiß getünchten Wand zu betonen. Die unbemalte Leinwand hob sich kaum davon ab. Nicht ganz unbemalt allerdings. Die Pointe dieses Bildes bestand in einem bescheidenen, sich aber scharf abzeichnenden schwarzen Punkt, der sich sogar dem unachtsamen Betrachter aufdrängte. Der springende Punkt vielleicht, dachte ich. Auch die dunkle Öffnung zu einem weit entfernten Iglu irgendwo auf einer ebenmäßigen Schneelandschaft wäre möglich. Aber nirgends fand sich ein Hinweis auf den Titel. Das Pünktchen auf dem i war da, aber zur Abwechslung fehlte einmal das Jota. Mit einem selbstgefälligen Schmunzeln über meine Kritik an der Vollständigkeit dieses Kunstwerks wandte ich mich langsam ab. Moderne Kunst hat eben nichts mehr mit Können zu tun, beschloss ich und wollte weitergehen.

«Was wie Zufall aussieht, meine Damen und Herren, ist wohldurchdachtes Können in seiner künstlerischen Vollendung», drang es plötzlich beharrlich an mein Ohr. Nachdem das Auge leer ausgegangen war, fühlte sich dieses um so mehr angesprochen. Die fachkundig dahinplätschernde Stimme musste wohl zu einer Führung gehören.

«Hier ereignet sich Politik», tönte es überzeugend aus einem eher blässlichen Gesicht. «Die Autokratie des Individuums in der Gesellschaft entlarvt sich selber mit grotesker Derbheit und wird in ihrer Blöße verspottet. Schein und Schaumschlägerei! – Doch das ist nur einer der vielen Ansatzpunkte. Die Kunst bleibt nicht in der Kritik am Zeitgeschehen verhaftet, sie geht weit über das Vergängliche dieser Dimension hinaus. Beachten Sie abermals die minutiös gesetzte Position des Punktes: leicht über der gedachten horizontalen Mitte, gleichsam auf der Diagonalen der sich wiederum gedachten, zum Fünfeck erweiterten Fläche. Er bildet quasi die Achse zu den vier Elementen der Antike: Wasser, Erde, Feuer, Luft. Gib mir einen festen Punkt, und ich hebe die Welt aus den Angeln.»

Der Herr, zu dem auch eine intelligente Brille gehörte, begab sich nun über die schützende Abschrankung, sich dem Gegenstand seiner Rede in jeder Hinsicht nähernd.

«Das gestaltlose Weiß», fuhr er fort, «das unbegrenzte Alles findet so in kosmischen Proportionen eine harmonisierende Stabilität. Alles steht und fällt mit diesem einen Punkt, von dem es seinen Ursprung hat. Gleichzeitig symbolisiert er die Verneinung seiner selbst, ja der räumlichen Ausdehnung überhaupt. Aus diesem schwarzen Loch, der Umkehrung des Universums, droht denn auch die Gefahr.»

Der Sprecher holte kurz Luft und ging noch einen Schritt auf das Bild zu.

«Die gleiche Bedrohung lässt sich auch auf einer tieferen, der Bedeutungsebene unserer Alltagsrealität aufweisen. Die öde Einsamkeit versteht sich als Gegensatz zum erdrückenden Nichts und klagt dieses an. Das kommt hier plastisch zum Ausdruck.» Der Kunstexperte untermalte seine letzten Worte mit einer energischen Armbewegung und verlieh seinen Erläuterungen auf diese Weise noch mehr Überzeugungskraft.

Schon glaubte ich mich im Bilde, als das unscheinbare Insekt sich davon ablöste und sich zum Entsetzen der Betrachter von der Kunst abwandte.

Nach diesem Zwischenfall, dessen genaue Umstände ich später nicht mehr ermitteln konnte, begab ich mich mit einer vagen Vorstellung des absurden Pointillismus alsbald nach Hause.

Punktum, man hatte einen Kunstnarren zum solchen gehalten.

* * *

Caledonia

Irgendwann lag Glasgow mit der Frühlingssonne plötzlich weit hinter ihm.

An der Westküste, hieß es, sei das Wetter schlechter. So hielt er sich an diese Seite und blieb dem rauen Wetter treu. Seit langem hatte er sich auf Nieselregen und Nachdenken eingestellt. Im Regen, schien es ihm, waren die Leute freundlicher. Er wollte weiter Richtung Norden, aber möglichst in der Nähe des Wassers. Im Nebel hatte man oft das Gefühl, es gehe gar nicht mehr weiter, man habe die Festlandvorräte bereits ausgeschöpft. Man rechnete damit, plötzlich über die Klippe am Nordende der Welt in den bodenlosen Raum zu stürzen. Aber es ging weiter. Der freundliche Autovermieter in Finnieston hatte ihn noch gewarnt und ihm dann die grausliche Geschichte von dem Mann erzählt, der im dichten Nebel der Highlands auf einer einsamen Landstraße gefahren sei und seinen Kopf aus dem Fenster gestreckt habe, um überhaupt etwas zu sehen. Ein ihm entgegenkommender Fahrer hatte das Gleiche getan, um bei fehlendem Mittelstreifen den Verlauf der Straße besser erkennen zu können, und so hatten sie sich beim Kreuzen gegenseitig geköpft. Die Werwölfe der Highlands lauerten überall. Im schottischen Nebel war alles möglich.

Seit er die Stadt verlassen hatte, blieb sich die abgeschiedene Ruhe gleich. Am Morgen fisselte es, am Mittag schien für eine Weile die Sonne. Man war keinen Moment vor dem Wetter sicher. Das Klima blieb ständig in Bewegung. Die Landschaft hatte wieder zu sich zurückgefunden, und ihre Bewohner waren nur noch Gäste.

Die pharyngalen und laryngealen Ortsnamen lasen sich wie die Zeilen eines nordischen Gedichts. In Auchindrain machte er einen Zwischenhalt und studierte die Karte. Wenn er in Lochgilphead nicht den Umweg machte, würde ihm ein Teil dieses gigantischen Poems entgehen: Ardrishaig, Ardpatrick, Achahoish, Achanamara. Und nicht weit da draußen, eingebettet in alte Namen, lag irgendwo die Insel, auf der Eric Blair sein Newspeak geschaffen hatte, einen fremden, fiktionalen Raum aus all den bekannten Buchstaben. Orwell auf der Isle of Jura.

Ab und zu versuchte ihn eine Abzweigung nach Crianlarich zu locken, aber er wusste, dass da nichts war, außer einer Kreuzung, an der sich alle anderen Abzweigungen orientierten. Man folgte den Schildern, weiter und immer weiter, und plötzlich zeigten sie in die entgegengesetzte Richtung. Das war es dann schon gewesen.

Sabine würde mit ihm lieber in den Süden fahren, ging es ihm jetzt durch den Kopf. Nach Catania oder Castries. Bei diesem Wetter würde er sie gar nicht erst aus dem Bett locken können. Mit einem voluminösen Schmöker, in die warme Decke eingemummelt, würde sie auf ihn warten, bis er mit einer Kanne Kaffee wieder zu ihr hineinkroch, um sie vom Lesen weg zu verführen. Oder er würde ihr den halben Morgen vorlesen, seine Stimme passagenweise verstellen, um sie zum Lachen zu bringen. Manchmal schweifte er einfach von der Geschichte ab und fügte selber Worte ein, erfand eine gewagte Liebesszene, die bei Tolstoi so gar nicht vorkommen konnte, trieb es parodistisch auf die Spitze, bis sie ihm das Buch liebevoll aus den Händen zerrte. Lass mal sehen, was da steht!

Aus dem Nebel tauchte ein Schild vor ihm auf, und er kann gerade noch lesen, was da steht: *Blind summit.* Blinder Gipfel, übersetzt er. Das wird er sich notieren und beschließt, nicht an Politik zu denken.

Vielleicht war der Norden für die Einsamkeit gemacht. Sogar auf den schmalen Sträßchen fühlte er sich ständig daran erinnert, dass sie von der Menschheit wegführten. Ab und zu musste er anhalten, weil sich ein Schaf nicht von der Straße bewegte. Irgendwo in dem verwitterten Wollfell, das stellenweise wie gerupft aussah, konnte er einen Kopf mit zwei dunklen Augen ausmachen. Er kurbelte die Scheibe herunter und sprach mit dem Tier, das ihn anschaute, als hätte es seit Monaten keine Menschenseele mehr zu Gesicht bekommen. Sein Revier war die Einöde. Auch er war sich beinahe sicher, dass da nichts mehr kommt, aber dann führte ein Weg wieder in eine Nische mit Häusern und Menschen. Buchläden gab es längst keine mehr. Dafür waren die kleinen Lebensmittelgeschäfte mit ihren Poststellen und die Pubs wie an anderen Orten, und alles schien mit einem Mal wieder mit dem Rest der Welt verbunden. Auch die Originale, die ihn freundlich bedienten, waren sich ähnlich.

Pubs gab es überall. Und immer wieder war es ihm, als kehre er an den gleichen Ort zurück. *Pub or perish.* Wenn er am anderen Ende des Landes eines betreten würde, wäre er wieder im selben Raum. Die Kundschaft mochte sich scheinbar ändern, aber der Ort und die Charaktere blieben doch immer die gleichen, als gäbe es im ganzen Land geheimnisvolle Eingänge, die alle ins gleiche Lokal führten. Hinter ihm fiel die schwere Tür ins Schloss, die Zeitschere schnappte zu und kappte die Koordinaten von Raum und Zeit. Er fand sich dort, wo er schon oft und immer wieder gewesen war, als sei er nur schnell an der frischen Luft gewesen. Er kam zurück in den Lärm und den Rauch, und alles war vertraut. In den Aborten sofort wieder der stechende Universalgeruch von Harn und Chemie aus der sanitären Keramik (*Armitage Shanks* – las er immer wieder, während er seine Stirn an der Wand kühlte), die unpraktischen Waschbecken mit zwei Wasserleitungen (*h&c*) und überall die identischen Automaten mit *Durex fetherlite, 1 x 50p, pack of two.* Sogar die Mahlzeiten kamen aus der gleichen Küche und schmeckten gleich, *high tea, bar lunches, soup of the day,* der Haddock aus dem gleichen Netz, dazu *chips* und immergrüne *peas,* die durch Tiefkühltruhe und Mikrowelle gereist waren. Er trat an die Theke und bestellte das gleiche Getränk wie gestern. Seine Hand erkannte die vertraute Form des Glases, das er zur gleichen Zeit am andern Ort im gleichen Pub mit dem anderen Namen so gehalten und zu den gleichen anderen Lippen geführt hatte. Es war wie mit der eigenen Wohnung, die immer die gleiche bleibt, auch wenn die Adresse wechselt. Die Orte wandelten sich, aber der Gefühlsraum blieb. So auch sein Körper, den er ich zu nennen gewohnt war und für den er immer den gleichen Namen angab, obwohl alte Fotos Beweis genug dafür waren, dass er nicht mehr der gleiche sein konnte. Letztlich musste man sich mit Zahlen behelfen, einer Sozialversicherungsnummer, die Geburtsdatum, einen Teil seines Namens und sonst noch alles Mögliche enthielt. Er hätte lieber eine ISBN-Nummer gehabt, wie ein Buch, das eine lange Geschichte erzählt.

80/–, sagte er und bekam das Gleiche wie anderswo.

Eighty shilling hatte er eben noch in Glasgow oder Mallaig gesagt, *eighty shilling* sagte er jetzt an einem andern Ort. Zwischen den *pints* hatte er sich nur schnell die Hände gewaschen, die Haare gekämmt. Dort hatte er das Lokal betreten, und beim Verlassen würde er auf einer neuen Straße stehen. Zum Beispiel in Loss. Die Reise durch Raum und Zeit existierte nur in seinem Kopf.

Loss war ein kleines Fischerdorf an der nordöstlichen Küste. Auf der großen Schottlandkarte war es nicht zu finden. Er hatte sich an die Küstenstraße gehalten, war eine Zeitlang dieser unendlichen Linie zwischen Land und Wasser gefolgt, ohne Ziel. Die Nähe des Meeres beruhigte.

Küste: wo das Meer das Land küsste.

Einmal hielt er unterwegs an, um barfuß über den harten, kalten Sand zu gehen. Die Spuren waren nur von kurzer Dauer. Er stand mit dem Rücken zum Meer und wartete, bis das Wasser seine Knöchel mit eisiger Gischt umspülte. Auf einer Fotografie sähe die Düne mit den hellen Grasbüscheln warm und südlich aus. Vom kalten Wind würde auf dem Bild nichts bleiben. Nur erstarrtes Licht. Er drehte sich wieder dem grauen Wasser zu, das sich ihm in zaghaften Wellenschritten genähert hatte. Auch davon wollte er kein Bild, er hätte lieber einen Satz, der die Einheit bewahrte. Dann stand er einfach da und versuchte mit der Bewegung des Wassers zu atmen und hörte aus seinem Mund die Laute, die dazu passten.

Ufer.

Ein totgeglaubtes Wort war ganz unvermittelt zurückgewonnen. Es füllte sich mit der Wirklichkeit dieses Moments. Er schloss seine Augen und sah Land und Wasser, spürte den Wind im Gesicht und den kalten Sog um seine Füße. Von nun an wäre es ein Wort wie zwei Atemzüge des Meeres, ein ruheloses Wort, ein Wort des Wassers mehr als des Festlandes.

Ufer war schon kein Land Meer.

Eigentlich gab es das Ufer so wenig wie den Horizont. Die Küstenlinie war eine Erfindung der Landkarte. Aus einer Dokumentarsendung am Fernsehen wusste er, dass diese Linie nicht nur ungenau, sondern auch unendlich lang war. Je genauer man sie in der Vergrößerung darstellen wollte, umso mehr brach sie sich in unzählige weitere Schlaufen und Buchtungen auf. Die Auflösung brachte ein fraktales Chaos zum Vorschein, das in der Implosion den Raum in die Öffnung einer Unendlichkeit stürzte.

Erst als er aus dem Wagen stieg, wusste Graser, dass er angekommen war. Wäre er nicht zum ersten Mal hier, würde er seine Gefühle als heimatlich beschreiben. Vielleicht hatte es mit der überblickbaren Größe des Ortes zu tun, ein Bild wie auf einer Postkarte, aber in allen Richtungen dennoch die Weite, die den Ort als einen Platz auf dieser Erdkugel auswies. Auf der Oberfläche einer Kugel lag jeder Ort in der Mitte der Fläche. Der Raum hatte sowenig Koordinaten wie die Zeit.

Es war Mittag und ruhig, niemand zu sehen außer den unermüdlichen Möwen, die auf der Ufermauer saßen oder sich wie in Zeitlupe in den Wind legten, der in langen, kräftigen Atemzügen auf die offene See hinaus blies.

An der Tür zur Pension, dem kleinen Hotel, das er zu seiner Überraschung hier vorfand, war ein Schild befestigt. Um halb zwei würde man wieder öffnen. Nordische Siesta, dachte er. Eigentlich war es schon Zeit. Er schlenderte um das Haus herum und kam zu einer Hintertüre, einer Holztüre aus schweren Latten, himmelblau gestrichen. Sie schien nur angelehnt, mehr in den Rahmen geklemmt als wirklich zu. Aus dem Inneren glaubte er Geräusche zu hören, auch eine Stimme, wenn er sich nicht täuschte. Er klopfte mehrmals und drückte dann leicht gegen das Himmelblau. Der düstere Raum entpuppte sich als Waschküche, und eine ältere Frau schaute sich fast erschrocken um, hörte augenblicklich auf zu summen. Er bat um Entschuldigung, erkundigte sich nach dem Hotel. Die Frau verwies ihn an die vordere Türe, wo er bereits gewesen war. Man werde bestimmt gleich aufmachen, sie werde Bescheid geben. Ein paar Minuten vielleicht.

Graser setzte sich auf eine Bank und sah den Möwen zu. Er hatte bereits vergessen, wie lange er schon hier war. Der Ort war so klein, dass es nur eine einzige kurze Straße gab, die dem Wasser entlang vom einen zum andern Ende führte. Einige der bescheidenen Häuser waren zu dieser Jahreszeit gar nicht bewohnt. Das Haus neben der Pension stand zum Verkauf, und etwas weiter war eine Familie aus der Stadt damit beschäftigt, das baufällige Mauerwerk ihres Sommerhäuschens auszubessern.

Es machte keinen Unterschied – nach einer Stunde schon oder erst nach Wochen würde er das Dorfleben spüren. Irgendwann wüsste er vielleicht ihre Namen und hätte nicht nur fremde Gesichter im Kopf. Dann käme es ihnen seltsam vor, dass einer, der sich an diesen Ort verirrt hat, so lange bleibt, als sei er ans Ziel gekommen. Es gab hier nichts, das einen fesseln konnte. In der Logik der Einheimischen war das Ziel immer woanders zu finden. Aber sie würden keine Fragen stellen, sondern über das Wetter sprechen, den Whisky, den Fischfang, und täglich würde er sie bei den gleichen Verrichtungen antreffen.

Als er an einem anderen Tag hinaus in das zerbrechliche Licht vor der weißen Häuserzeile trat, in der das Inn wie ein Wort stand, ließ er in aller Ruhe zuerst einmal seinen Blick von den steilen Felsen über den Hafen hinaus zum Horizont gleiten und auf der andern Seite zu den Hügeln wandern, in denen hin und wieder das Sträßlein sichtbar wurde, das ihn hierher gebracht hatte. Er atmete, als sei es das erste Mal. Auf diesem Weg würde er irgendwann seine Rückreise anzutreten haben, aber daran brauchte er noch nicht zu denken. Wenn es von hier aus Fähren gäbe oder wenigstens einer der Fischer mit seinem Kahn auf eine Insel hinausfahren würde, so könnte er auch den Wasserweg in Betracht ziehen. Da draußen hinter grauen Wassermassen lagen die einsamen Hebriden mit ihrem rauen Klima und den Überresten der ebenso rauen gälischen Dialekte.

Er wollte bleiben, denn manchmal fragte er sich, was für ein Gesicht dieser Ort in den anderen Jahreszeiten haben würde. Der Frühling war mild und warm gewesen, sagten die Leute, man erinnerte sich an härtere und längere Winter in früheren Jahren, deren Frost bis in diese Monate fortgedauert hatte.

Bei der Telefonkabine, deren rote Farbe da und dort schon etwas abblätterte, blieb er einen Moment stehen. Er schaute auf die Uhr. Sabine war noch bei der Arbeit. Eine Stunde Zeitdifferenz. Am Abend würde er anrufen. Vielleicht brachte ihn das wieder mit seinem Leben in Berührung, mit dem Raum, aus dem er geflüchtet war. In seiner Hosentasche hatte er schon eine ganze Menge Zehn-Pence-Stücke gesammelt. Körperwarm lagen sie in seiner Hand. Erst wenn er ihre Stimme hörte, durfte er die erste Münze einwerfen. Dann konnte sie auch ihn hören, bis nach einer Weile ein Piepton dazwischenfuhr und anzeigte, dass die nächste Münze fällig war. Die letzten Worte des Gesprächs mussten dabei immer wiederholt werden, und am Schluss hatte man das Gefühl, gar nicht zum Reden gekommen zu sein. Wie ein quengeliges und eifersüchtiges Kind kämpfte die Maschine ständig um seine Aufmerksamkeit und sabotierte die Unterhaltung. Vielleicht würde er doch lieber einen Brief schreiben. In letzter Zeit waren seine Sätze von einer zunehmend ruhevollen Schwermut und tasteten sich behutsam in eine poetische Verliebtheit vor. Sabine. Ganze Seiten konnte er mühelos füllen und nur von ihr sprechen, als schriebe er sie zu sich hin, um seine Einsamkeit zu füllen. Die Worte kamen ihm frisch und unverbraucht vor, und er wollte sie alle gebrauchen.

Im Pub bestellte er sich Guinness und Sandwich, abwechslungsweise. Nach und nach tröpfelten die Stammgäste ins Lokal, stellten sich an der Theke auf oder ließen sich, müde von der Arbeit, auf einem der abgewetzten Polster nieder. Es würde nur wenige Minuten dauern, bis sie hinter einem Glas zu neuem Leben erwachten. Trotz des Heimwehs packte ihn eine Wehmut, ein Schmerz, diesen Ort zurücklassen zu müssen. Hier hatte er eine Ruhe gefunden, eine Nähe zum Lebensatem, die ihm im Alltag leicht wieder abhanden kommen könnte. Vielleicht fürchtete er sich davor, seine Träume hier zu lassen. Er warf die aufkommende Traurigkeit ab, schüttelte sich, wie wenn er gerade einen schlechten Whisky getrunken hätte. Seine Tage waren gezählt, und er wollte die letzten Augenblicke hier genießen, sich an allen Eindrücken nochmals berauschen. Dann könnte er jederzeit die Augen schließen und zurückkehren.

Das ganze Dorf schien sich heute Abend zu versammeln. Mittlerweile kennt er die Gesichter. Er hat sie alle schon irgendwo gesehen, draußen bei den Booten, am Morgen im Pub, am Sonntag in der Kirche, am Nachmittag im Pub. Anfangs stieren sie vor sich hin, ins undurchdringliche Glas, dann nach ein paar *heavies* werden sie gesprächiger. *It's nice to be nice*, könnten sie sagen und erinnern ihn an zähe Greise mit verwittertem Gesicht, die sich auf der Holzbank vor dem Haus in der abendlichen Sonne die müden Glieder wärmen. Die gleiche Zufriedenheit. *It's nice to be nice*, sagt er und setzt sich dazu.

Wenn er nach dem verschollenen Freund fragt, erzählen sie, und er ist überzeugt, die Hälfte ist erlogen. Sie sind große Erzähler, nicht verdorben von Literatur und deren Zweifeln am Erzählen. Ihre rissigen Hände liegen ruhig auf dem Tresen oder am Glas, und nur manchmal, wenn einer erzählt, steigen sie auf in schwerem Biergebaren aus Wellen und Gischt. Er wirft ihnen in seinen Fragen Stichworte wie Köder zu, sie beißen an, ohne sich im Haken zu verfangen, sie rhapsodieren, phantasieren, garnen ihn ein mit der Musikalität ihres gaumigen Dialekts. Es genügt ihm, dass er nur die Hälfte versteht.

Nach ein paar *pints* ist auch er nicht mehr so schüchtern und macht seinen Witz: *I like the Scottish flag – a blue sky crossed out.* Manchmal lachen sie, der Schaum stiebt von ihren Schnäuzen. Sie beginnen übers Wetter und das Fischen zu reden. Sie sind schlechte Zuhörer, die großen betrunkenen Erzähler. Sie schauen ihn mit gutmütig glasigen Augen an und nicken, schlotzen weiter ihr Guinness oder ihr Tartan und erzählen eine neue Geschichte. Dann bestellt wieder einer. *The pint of no return.* Graser weiß, wenn es soweit ist, und genießt die Gleichgültigkeit, mit der er sich gehen lässt. An der Wand hinter der Theke hängt ein Schild mit fetten Lettern, das er zum ersten Mal sieht: *Avoid hangovers – stay drunk.* Auch ohne Literatur wird hier das Leben zum Kunstwerk. Und plötzlich versteht er vieles. Hier lebt die Erzählung und verstaubt und vergilbt nicht zwischen Deckeln auf einem Regal. Hier gehört der Singsang des Redens dazu, die dicke Luft, durchsetzt mit Qualm, Fisch, Meer, Humuserde und jahrzehntealten Whiskydämpfen, auch das Stimmengetöse rundherum, Poltern, Geklirr, Rufen und Lachen. Gegen diese Sturmwand von Leben kommt das gedruckte Fistelstimmchen auf dem Papier nicht an. Und doch: wer schreibt, müsste seine Stimme erheben zum barbarisch-heiseren Schrei, müsste sich mit der Wucht eines Wals in die Wellen werfen, und alles verstummt und hört zu.

Er war hierher gekommen und fand sich paradoxerweise an einem fremden Ort zu Hause. Waren es drei Wochen oder drei Monate? Was geschah überhaupt mit der Zeit, wenn man über sie nachdachte? Reflexion über die Zeit fand außerhalb der Zeit statt, dachte er mit philosophischer Genugtuung, und er würde seine Bierweisheit noch einen Schritt weiter treiben. Reden über Literatur fand außerhalb der Literatur statt. Wenn man über sie nachdachte, erlebte man sie nicht.

Das Getöse um ihn herum wurde plötzlich wieder hörbar. Wie lange stand er schon so da, wie viel hatte er schon getrunken? Er blickte sich um und fand noch die gleichen Leute vor, aber die meisten hatten ihren Standort gewechselt, sprachen immer noch über das Gleiche, hatten nur den Zuhörer eingetauscht. Es war später, man redete lauter. Die Musik aus einem Lautsprecher wurde von den Stimmen erdrückt.

Um seine Angetrunkenheit zu testen, hebt er das halbvolle Glas hoch und versucht abwechselnd den Rand und einen Punkt hinter der Bar zu fokussieren. Ein paarmal geht es, dann steht auf einmal jemand dazwischen. Nein, er will noch nicht bestellen, hört er sich sagen, in ein paar Minuten vielleicht. Der Blick wird wieder frei. Sein Glas ist leer.

Auf dem Regal dahinter eine Reihe von Whiskyflaschen verschiedenen Alters. Exotische Namen, gälisch, schottisch, lauter Laute, die sich auf Zunge und Gaumen fremd anfühlen, rau und rauchig, Namen wie keltische Götterhelden, eine Litanei des Nordens. Laphroaig, Edradour, Auchentoshan, Blair Athol, Macallan. Dazwischen schnitt sich immer wieder ein Glen: Glengoyne, Glenfiddich, Glenmorangie, Glenturret, Glenlivet und wie sie alle hießen. Zweihundert Jahre Whiskygeschichte im Überblick, denkt er. Er macht sich eigentlich nichts aus Whisky. Aber die Worte gefallen ihm. *Purely for reference and research purposes*, hört er einen anderen und sich sagen und bestellt noch einen von den ganz alten. *Single Highland Malt.*

Auf seinem Bücherregal zu Hause hat er die Bände nach den Erscheinungsjahren eingeordnet. Manchmal steht die Zahl auf dem Buchrücken, Jahrgang um Jahrgang, gut gelagert. Die Parallele würde den semialphabetisierten Barden, der ihn gerade bedient, kaum beeindrucken. Auch hat der ihn falsch verstanden und bringt einen von den jungen. Steht der billige vielleicht griffbereit neben dem besten für besondere Anlässe? Und die Bücherwand, seine Buchstabenbar? Manchmal stehen die erstaunlichsten Unterschiede literarischen Schaffens nebeneinander, und das Einzige, was sie verbindet, ist die zeitliche Naht ihrer Erscheinungsjahre und die räumliche auf seinem Gestell. Die Erzähler einer ganzen Reihe von Geschichten reichen sich so die Hände oder auch nicht und bilden einen Reigen. Unten links steigt einer eben erst aus dem Nebel der mündlichen Überlieferung aufs erste Regal und macht den Anfang. Manchmal klettert er auch aus den Wellen der See an Land und genießt es, festen Boden unter die Füße zu bekommen. Unentwegt summt und singt er vor sich hin, bis er die Stufe seines plappernden Nachbarn erreicht, der ihm hinaufgeholfen hat. Plötzlich hat er graue Haare und müsste am Stock gehen, würde er nicht vom buckligen Alten daneben gestützt. So setzt sich die bunte Folge kurioser Gestalten fort, hinauf durch die Jahrhunderte. Vorbei an der gesetzten Dame, bei der er sich immer einbildet, ein Augenzwinkern zu entdecken, das wie eine Sternschnuppe sogleich wieder verschwindet. Vorbei an Schurken und Abenteurern, am Jahrmarktgaukler auf der kleinen Bühne, der die Puppen tanzen lässt, und vorbei an Frauen in Männerkleidern oder in enge Korsette gepresst und fetten Viktorianern, zwischen denen die Besucher aus der neuen Welt nach Luft schnappen. Stufe um Stufe windet sich die Treppe nach oben, macht große und kleine Tritte. Da schaut einer in den Spiegel und findet sich unsterblich schön, einer rätselt und reicht seinem Freund die Pfeife, dieser dort drüben macht sich breit und jener sitzt in den Hintergrund versetzt, flüstert etwas aus dem fernen Exil und feilt fleißig an seinen Fingernägeln. Manche posieren und andere werden fast unsichtbar. So geht es ständig weiter bis nach ganz oben rechts, wo immer neue hinzugeboren werden. Manch ungleiches Paar hat freundschaftliche Bande geknüpft, es sei denn, da schiebt sich ein neues Bändchen dazwischen, wenn er wieder eine Leselücke füllt.

Graser kippte sein Glas ein wenig, führte es in Zeitlupe an die Lippen und nahm einen kleinen Schluck. Tranig lief die Flüssigkeit an der Glaswand zurück, als wäre alles aus einem Stück. Er warf das würzige Aroma gegen seinen Gaumen, ließ es die brennende Kehle herunterfahren. Was wäre das für ein Stil, fragte er sich, wie sähe die Prosa aus, die so schmeckt? Kurzgeschichten von konzentrierter Kargheit. Gab es einen, dessen Sprache die Würze eines schottischen Whiskys hatte, charaktervoll und herb, heroisch und calvinisch?

Sein inneres Auge klettert nochmals die Bücherwand hoch, vorbei an Hemingway und Céline zu Hammett und Chandler mit ihren Scotch trinkenden Helden. War es vielleicht die Prosa der Prohibition?

Wenn ihn Besucher auf sein analphabetisches Ordnungsprinzip ansprechen, so kann er nur antworten, dass er das Alphabet schon kenne. Warum soll er sie aus der Reihe reißen, um sie zu abecedieren wie Namen in einem Telefonbuch? Die Chronologie der Bücherrücken erzählt ihm eine viel spannendere Literaturgeschichte. Dem nächsten Frager wird er sagen, dass sich dieser die Flaschen in der Bar auch nicht alphabetisch nach der Marke einreihe. Aber vielleicht tut er das. Jedenfalls bestellt er sich noch einen Whisky, diesmal den wirklich alten, auch wenn er den Bärtigen, der ihm prompt wieder den falschen bringen will, zweimal darauf hinweisen muss. *Single high qualt.* Noch ein paar von diesen und er wird ihm wohl doch noch von seinen Büchern erzählen. Er will sie alle versuchen. Oder ist er schon dabei?

Graser blickt dem Barden ins haarige Gesicht und merkt, dass dieser mit ihm spricht. So einen hatten wir hier schon mal, sagt er, einer, der mit Büchern angereist kam und ein stilles Plätzchen am Meer suchte. Vielleicht ein Schreiberling oder ein verrückter Städter, wahrscheinlich beides. *A huggermugger chap with a Glasgow accent.* Hatte aber einen englischen Namen, nicht so wie Sie. Graser kann sich nicht erinnern, dass er seinen Namen genannt hat. Er weiß auch nicht, ob er wirklich *huggermugger* gehört hat, ob er vielleicht alles halluziniert und gleich erwachen wird? Es geht ihm zu schnell, als stürze er eine lange Treppe hinunter, mit Stufen aus farbigen Bücherrücken, deren Titel er nicht lesen kann. Dann steht er an der frischen Luft, die ihm kalt ins wattige Gesicht schlägt. Vor ihm hat einer auf den

Boden gekotzt, in eben diesen Farben. Er lässt die Handflächen eine Weile auf der Mauer liegen, presst sie dann kühl gegen seine pochende Stirn. Wieder drinnen greift er sich ein Bier, das nicht ihm gehört. *Hey Jemmy!* protestiert ein stämmiger Kerl in einem rotkarierten Hemd und schüttelt dann nur den Kopf. Schon wieder diese Farben. Gleich ist Schluss. *Time, gents*, ruft einer hinter der Theke. *Tempus edax rerum*, denkt er. *Clear the bar*, hört er schon zum x-ten Mal mit identischer Intonation, aber jedes Mal lauter. Die Deckenbeleuchtung ist voll aufgedreht. Ein Mädchen, gestützt auf einen Besen, steht neben ihm und schaut ihn mitleidsvoll an, aber sie hat diesen bestimmten Rauswurfblick aufgesetzt, der es ernst meint. Der Teufel eine Frau? Weibhaftiger, steh mir bei! Er kichert, weil ihm einfällt, warum es wohl Sperrstunde heißt: Alle sperren sich dagegen, nach Hause zu gehen. Sie schaut ihn nur an, mit versteinertem Lächeln. Kein Erbarmen, jetzt wird er ausgesperrt. Also doch Polizeistunde. Feierabend und nichts zu feiern. Nein, auch das kann er ihr nicht übersetzen. Im Zimmer muss er etwas aufschreiben, aber er weiß nicht mehr was. Neben dem Schlüssel auf dem Tisch liegt die Distel, die er am Nachmittag irgendwo abgerissen hat. Sie sieht größer aus als diejenige, die er in seiner Erinnerung dorthin gelegt hat. *A drunk man looks at the twistle*, wird am Morgen auf dem Papier stehen. Dunkler, verschwitzter Schlaf fährt ihn auf einer rumpelnden U-Bahn mit offenen Fenstern, sticht aus dem lichtlosen Schacht des Untergrunds in die blitzende Sonne und schleudert ihn kühl und schweißnass auf ein zerwühltes Bett. Endstation? Ihn friert. Überdruck in Kopf und Blase. Sehnsucht.

Den Zettel auf dem Tisch wirft er als Erstes in den Papierkorb und trinkt ein Glas kaltes Wasser gegen die zuckenden Blitze in seinem Kopf. Er dreht das Kissen um und legt sein Gesicht auf den kühlen Stoff. Er schließt die Augen. In der U-Bahn wird ein schottischer Jig getanzt. Er zuckt zusammen, als hätte einer versucht, ihn aus dem fahrenden Wagen zu stoßen. Dann noch ein Glas, während er auf der Schüssel sitzt. Ausschenkschluss. *Avoid hangovers,* klopft der Punzhammer weiter, stanzt die Buchstaben in seinen Schädel. *A void.* Die U-Bahn donnert durch einen endlosen Schacht taumelnder Finsternis. Graser reißt die Augen auf und schaut benommen auf die Uhr. Es ist erst halb fünf. Er hat die Deckenbeleuchtung brennen lassen. Schmerz in allen Gliedern und Hoffnung auf Linderung in den verbleibenden Stunden bis zum Morgen. In seinem Mund rottet sich eine tote Zunge, bestimmt schon halb verwest. Zeitlose Gedanken stürzen ab. Faustschläge ins Gesicht. Im Flackern des trüben Lichts wird der Wagen sekundenweise von Fahrgästen bevölkert. Ein alter Stummfilm mit Orchestrion. Ausgestopfte Puppen hängen an den Haltegriffen, lassen sich auf schmutzigen Sitzen durchschütteln. Zeitungen flattern im Fahrtwind. Eine namenlose Fratze starrt ihn glasig an. Es ist drückend heiß, die Luft stickig, Kleider kleben am Leib. Wie aus dem Innern seines Kopfes ein kaputter Lautsprecher mit heiserer Stimme. Umsteigen. Wackelkontakt. Aussteigen. Weiterfahrt. Er erwacht im Depot, geht zu Fuß durch die zügigen Schächte zurück. Immer die gleiche Schlaufe. Endstation endlos sinnlos. Notausgang.

Ein Lichtspalt an der Wand keilt sich in seinen Schädel.

Graser erwachte mit pochenden Kopfschmerzen – ein Zug, der in der Ferne vorbeirattert. Sein Gehirn war sofort voll da, ausgetrocknet nüchtern. Erst jetzt öffnete er allmählich seine verklebten Augen, registrierte den Geruch von frischem Bohnenkaffee und nahm Stimmen im Raum unter ihm wahr. Er möchte den faulen Putzlappen ausspucken und eine Tube Zahnpasta fressen. Seine Nase tat weh, und auf dem Kopfkissen waren Blutspritzer. Die Kämpfe der Nacht hatten ihre Spuren hinterlassen. Nachdem er den verschwitzten Pyjama abgestreift und einen Moment fröstelnd dagestanden hatte, sprang er in die Duschkabine, die so eng war, dass man nicht stürzen konnte, frottierte sich summend trocken und fühlte sich munter und ausgeschlafen, als er in die kühlen Kleider schlüpfte.

Es war ausgestanden.

* * *

Roman Ingold Schuenze

«Wer die Wahrheit liebt, dem darf auch die Lüge nicht fremd sein ...»

Nachforschungen von Daniel Ammann und Jürg Seiberth

«Hochwald», sagt der Postautofahrer, «Endstation.» – Wir steigen aus, blinzeln in die Sonne und freuen uns auf unsere kleine literarische Sommerexkursion. Die Solothurner Gemeinde Hochwald liegt auf einem malerischen Hochplateau. Wir besuchen den Ort, weil hier am 16. April 2000 eine Volksabstimmung von literaturhistorischem Interesse stattfand. Die Einwohnerschaft, die zur Hälfte aus alteingesessenen Bauernfamilien und zur Hälfte aus pendelnden Städtern besteht, beschied, dass sich die Gemeinde nicht an den Sanierungs- und Betriebskosten für das Roman Ingold Schuenze-Museum beteiligen wird.[1]

Das gestörte Verhältnis der Bürgerinnen und Bürger von Hochwald zu ihrem historischen Mitbürger Roman Ingold Schuenze ist wohl vor allem darauf zurückzuführen, dass dieser keinen einzigen Text unter seinem eigenen Namen erscheinen ließ. Er publizierte unter mehreren Pseudonymen

---

[1] Die Vorlage hätte einmalige Aufwendungen von Fr. 9'000.– und einen jährlichen wiederkehrenden Beitrag von Fr. 3'000.– vorgesehen. Allerdings gefährdet dieser Volksentscheid den Weiterbestand des Museums nicht, denn Kanton und Bund haben bereits wesentlich höhere Beiträge gesprochen, und der Restbetrag dürfte nun von einer privaten Stiftung aufgebracht werden.

und bediente sich schamlos der Namen berühmter Zeitgenossen. Dieses betrügerische Gebaren lässt sich auf den ersten Blick schlecht mit den inhaltlichen Anliegen Schuenzes zur Deckung bringen, verstand er sich doch vorwiegend als Erbauungsschriftsteller.

Das Archiv in der Scheune
Wir fragen auf der Gemeindeverwaltung nach dem Schuenze-Museum. Der Gemeindeverwalter empfängt uns freundlich, händigt uns einen großen Schlüssel aus und beschreibt uns den Weg zum Museum. Für fünf Franken verkauft er uns den Museumskatalog, einen Stapel loser hektographierter Blätter in einem roten Sichtmäppchen. Und er empfiehlt uns, nach 16 Uhr noch in die Herrenmatt zu schauen und nach Rolf Kägi zu fragen. Er sei der Mann, der sich um das Museum kümmert.

Wir durchqueren das Dorf und marschieren zum Wald. In einer malerischen Lichtung liegt der Hollehof. Ein eindrücklicher Gebäudekomplex, der heute mehrere Wohnungen umfasst. Im Hof, im 150-jährigen Brunnen, pritscheln vier nackte Kinder, und zwei Frauen jäten im Kräutergarten. Als wir nach dem Schuenze-Museum fragen, weisen sie auf das Scheunengebäude. Wir stecken den Schlüssel ins Schloss, öffnen das Tor und treten ein.

Die Scheune ist in dunklem Holz ausgebaut, große Fenster sorgen für reichlich Licht. Die Ausstellungsstücke sind nett drapiert, aber leider nur spärlich beschriftet. Wir sehen Teile der Aussteuer von Anna Maria Strübin, eine Klammer, die zur Befestigung von Eisenbahnschienen diente, die Medizintasche von Roman Ingold Schuenze.

Wir sehen einen vergilbten Ausschnitt aus dem *Nebelspalter* vom 28. April 1884: «Die Größten sind wir von den Kleinen», ein Gedicht von G. K. zur Landesausstellung. Daneben ein Foto der Eisenbahnkatastrophe von Münchenstein (1892) und ein Ausschnitt aus den *Lehrreichen Blättern*, Juni 1895, mit dem Titel «Souvenirs de Münchenstein» von Henri Dunant. Er beschreibt den wunderschönen Junitag und die fröhlichen Menschenmengen, die sich in der Münchensteiner Au zum Schützenfest versammelt haben. Und plötzlich, wie ein Lauffeuer, verbreitet sich die Nachricht: Die Eisenbahnbrücke ist unter dem Extrazug mit prominenten Gästen aus der ganzen Schweiz zusammengebrochen. Innert Sekunden schlägt die Stimmung auf dem Festplatz um, man eilt zum Unglücksort, der nur wenige hundert Meter entfernt liegt, birgt Tote und Verwundete und lässt ihnen Erste Hilfe angedeihen. Dunant beschreibt subtil, wie er bei aller Tragik des Geschehens ein glückseliges Gefühl des Gebrauchtwerdens empfindet.

In einer etwas angestaubten Glasvitrine finden sich nebst persönlichen Gegenständen aus dem Besitz Olivia Schuenzes auch zwei antiquarische Kostbarkeiten, die erst nach dem Tod der Enkelin ins Museum gelangten: Ein aufgeschlagenes Kirchengesangbuch zeigt das Lied «Herrgott reiß' mein Herzfenster auf!» von Alberich Zwyssig. Eine handschriftliche, aber leider unleserliche Randnotiz endet in den Initialen «R. I. S.» und schließt mit drei großen

Fragezeichen. Beim Bändchen daneben handelt es sich um die deutsche Erstausgabe des Romans *Die Menschen im Cosmos* (1924), der in einer Mischung aus Science-Fiction und visionärer Esoterik Olivia Schuenzes Kontakt mit außerirdischen Mächten beschreibt.[2]

Wir setzen uns vor die Scheune trinken und verpflegen uns aus unseren Rucksäcken: Süßmost, Bürli und Landjäger. Die nackten Kinder spritzen uns nass und kriegen die sauren Drops, die wir als Nachspeise vorgesehen hatten. Die Kinder müssen dann zum Mittagessen ins Haus und wir widmen uns den hektographierten Blättern, dem sogenannten Katalog. Wir lesen, dass alle ausgestellten Texte von Roman Ingold Schuenze stammen und dass er sie alle unter den Namen verschiedener berühmter Zeitgenossen veröffentlicht hat.

Wir erfahren, dass die reiche Amerikanerin Olivia Schuenze 1925 nach Hochwald kam, den Bauernhof kaufte und als Landvilla umbaute. Sie soll im Besitz eines Briefes gewesen sein, den ihr Großvater ihrem Vater 1894 heimlich zusteckte, als dieser den Zug nach Frankreich bestieg. Der Brief beschrieb die Scheune in Hochwald und bezeichnete

---

[2] Da das Buch nicht mehr erhältlich ist, stützt sich unser Urteil lediglich auf den kurzen Katalogtext und die in der Auslage einsehbare Passage: «Wir sind jetzt nur noch drei Frauen. Und wenn uns die Sonne aufs Hirn brennt, und wenn uns die Kälte steiffriert in der Nacht, wir schlagen unbeirrt unseren Weg durch den üppig wuchernden Dschungel. Aber eines Tages wird das Blattwerk unvermittelt dünner, eine Waldlichtung öffnet sich vor unseren Augen, auf einer Seite vom Ozean begrenzt. In der Mitte ein riesiges Silberprojektil und rundum tausend emsig arbeitende Menschen. Als sie unser gewahr werden, halten sie in ihren vielfältigen Tätigkeiten inne und werfen sich zu Boden, graben ihre Gesichter in den Sand und heißen uns so auf ihre Art herzlich willkommen.»

den Ort, an dem man graben solle. Olivia Schuenze grub und stieß auf einen großen schwarzen Blechkoffer.

Der Blechkoffer enthielt Roman Ingold Schuenzes Tagebuch, seine Korrespondenz sowie eine große Menge Manuskripte und Druckbelege. Olivia Schuenze sichtete die Unterlagen und ordnete die handschriftlichen Manuskripte Schuenzes den Druckbelegen zu. Auf diese Weise stellte sie fest, dass fast alle Schriften Schuenzes unter den Namen berühmter Zeitgenossen, unter Pseudonymen oder anonym erschienen sind.[3] Der Brief von Roman Ingold Schuenze für seinen Sohn Johann Ingold und der Blechkoffer sind leider nicht ausgestellt.

Unsere folgenden Ausführungen stützen sich auf unseren Augenschein im Museum. Wir führten auch ein längeres Gespräch mit Rolf Kägi, der sich heute um das Museum kümmert. Rolf Kägis Vater, August Kägi, kannte Olivia Schuenze persönlich. Sowohl August wie Rolf Kägi haben den Nachlass von Roman Ingold und Olivia Schuenze gesichtet und verarbeitet. Rolf Kägi stellte auch den Museumskatalog zusammen und plant eine größere Veröffentlichung zur Rezeption von Schuenzes Werk, bei der speziellen Quellenlage ein äußerst schwieriges Unterfangen. Vor allem Rolf Kägi sind wir zu großem Dank verpflichtet. Weiter stützen wir uns auf ausgewählte Manuskripte von Roman Ingold Schuenze und einen handschriftlichen Text von Olivia Schuenze, der ihre Sicht der Dinge darlegt.

---

[3] So zumindest interpretierte Olivia Schuenze ihren Fund, und wir folgen ihren Annahmen, wenn auch nicht ohne Vorbehalt, weil wir das Gegenteil nicht beweisen können. Es wäre immerhin auch denkbar, dass Schuenze die Texte seiner berühmten Zeitgenossen abschrieb.

Einige kleine Nachforschungen haben wir selbst auch bereits unternommen. Aus Schuenzes Tagebüchern und aus seiner Korrespondenz konnten wir leider nur Auszüge einsehen.

Heilen und schreiben

Roman Ingold Schuenze wurde 1846 geboren. Wahrscheinlich hat er nie eine Schule von innen gesehen, aber er war sehr wissensdurstig. In jungen Jahren kam er als Rossknecht ins Kloster Mariastein und eignete sich in seiner Freizeit in der Bibliothek und in Gesprächen mit verschiedenen Bewohnern des Klosters eine beachtliche Bildung an.

Ab 1866 wirkt er als Hauslehrer in der reichen Basler Familie Sarasin. Leider wird er 1870 Opfer einer gemeinen Intrige und, wie er selbst schreibt, «... zum Teufel gejagt». Er konvertiert zum Protestantismus und arbeitet fortan als Knecht auf einem Bauernhof in Hochwald. In seiner Freizeit betätigt er sich als Schriftsteller und Heilkundiger, als solcher hatte er weit übers Land einen guten Ruf. Die in dieser Zeit entstandenen «Aufzeichnungen eines Quacksers und Rutengängers» (unter dem Allonym Peter Rosegger der *Deutschen Rundschau* wie Auerbachs[4] *Volkskalender* angeboten) sind zwar nie gedruckt worden, sollen aber zu jenen Schriften gehören, die Schuenzes Urheberschaft aufgrund biografischer und geografischer Details am wenigsten verhehlen.

---

[4] Berthold Auerbach (1812–1882), Herausgeber der *Schwarzwälder Dorfgeschichten* und von *Berthold Auerbach's Deutschem Volkskalender*, lehnte bereits die erste von vier Erzählungen ab mit den Worten: «Ich thue Ihnen u. mir hiemit einen Gefallen» (19.5.1872).

Mit dem Hausmädchen Anna Maria Strübin hatte er 1868 eine uneheliche Tochter (deren Namen wir leider nicht ausfindig machen konnten). 1872 heiratet er Anna Maria Strübin. Das Paar lebte nie zusammen und Schuenze konnte die Familie materiell nicht erhalten. Trotzdem gebar Anna Maria 1875 noch einen Sohn, den Schuenze gezeugt haben soll: Johann Ingold, den Vater von Olivia Schuenze. Anna Maria Strübin verstarb im Kindbett. Die Schuenze-Kinder wuchsen zusammen mit den Kindern der Familie Sarasin auf. Johann Ingold war ein aufgeweckter Bursche, der Hausvater Luzian Sarasin war sehr von ihm angetan und bezahlte ihm 1894 eine Schiffspassage nach Amerika.

Johann Ingold lebte dann bei entfernten Verwandten der Familie Sarasin, bei der Familie Beck, in Waynesboro, Pennsylvania, und erlernte in deren Maschinenfabrik, der Beck Manufacturing Inc., den Beruf des Mechanikers. 1898 gründete er (mit finanzieller Unterstützung der Becks) seine eigene kleine Fabrik für Eisenbahnschienenbefestigungen. Im selben Jahr heiratete er Jenny Krill.

1899 kam dann Olivia Schuenze zur Welt. Sie wuchs in Waynesboro auf und schrieb bereits mit 20 Jahren ihren ersten Roman *Man in Universe*. Dieser frühe Fantasy- und Science-fiction-Roman war in Amerika sehr erfolgreich und wurde in verschiedene Sprachen übersetzt.[5] Als Olivia Schuenze 1925 in die Schweiz reiste, war sie schon sehr vermögend. Sie kaufte den Hollehof, denjenigen Bauernhof in Hochwald, in dem ihr Großvater 47 Jahre lang als Knecht

---

[5] Auf deutsch erschien der Roman 1924 bei S. Fischer unter dem Titel: *Die Menschen im Cosmos*.

beim Bauern Adalbert Huwyler gedient und sein Gnaden-
brot genossen hatte. Sie baute den Hof zu einer respektab-
len Landvilla um und richtete in der Scheune das kleine
Schuenze-Museum ein.

Am 12. November 1930 verließ Olivia Schuenze ihr
Haus und machte einen Spaziergang zur nahe gelegenen
Gempenfluh. Danach wurde sie nicht mehr gesehen. Da sie
einen Abschiedsbrief hinterließ, nimmt man an, sie habe
Selbstmord begangen. Ihre Leiche wurde allerdings nie ge-
funden.

Verklärter Unzeitgenosse
Rolf Kägi, pensionierter Lehrer und Vorstandsmitglied der
örtlichen Lesegesellschaft, den wir bei einem Zweier Roten
im Garten der Herrenmatt antreffen, beschreibt Schuenze
schriftstellerisch als «hoffnungslosen Weltverbesserer mit
unverhohlenem Hang zur Schwärmerei und zu übersteiger-
ter Verklärung der Wirklichkeit». Tatsächlich sind Schuenzes Vorbilder wohl am ehesten in der Zeit der Empfindsamkeit
zu suchen, aber auch die Romantik hat deutliche Spuren in
seinem Schaffen hinterlassen.

Zu seinem ebenso «unzeitgemäßen Zeitgenossen» Carl
Spitteler, mit dessen Werk er schon früh in Berührung kam,
muss Schuenze eine besondere Wesensverwandtschaft ver-
spürt haben. Soviel dürfen wir jedenfalls den wenigen uns
zugänglichen Tagebuchaufzeichnungen entnehmen. Aus
einer offensichtlich sehr knappen Korrespondenz ist uns
nur ein einziger Brief Spittelers erhalten geblieben.

Wir dürfen annehmen, dass Schuenze diesem ein paar Textproben hatte zukommen lassen und durch dessen abweisende, um nicht zu sagen schroffe Antwort eine empfindliche Kränkung erfuhr. «Bei Ihnen, mein Herr», schreibt Spitteler im Sommer 1867, «geht Phantasie und Wirklichkeit derart durcheinander, dass man sich nicht wundern würde, wenn Sie einem plötzlich wieder unter den Augen verschwänden.»

Die Hypothese, Schuenzes «fortschreitende Selbstauslöschung» (Kägi) sei auf diese herbe Enttäuschung zurückzuführen, ist vielleicht etwas gewagt und greift psychologisch sicher zu kurz. Dennoch bleibt die Tatsache, dass Schuenze seine Texte von diesem Zeitpunkt an nur noch unter wechselnden Pseudonymen oder «angeliehenen» Namen (Allonymen) zu veröffentlichen suchte.

Dank solcher Etikettenschwindel ist es ihm denn auch mehrfach geglückt, seine Texte dem Publikum nahe zu bringen. Nicht wenige seiner Prosastücke und Gedichte fanden in Wochenblättern und Anthologien Aufnahme oder erreichten über die damals üblichen «Circulare» renommierter Lesegesellschaften eine breite Öffentlichkeit. Kägi führt aus, dass die epischen Lehrgedichte und pathetischen Traktate aus seiner Feder vor allem in pietistischcharismatischen Kreisen auf eine fanatische Anhängerschaft gestoßen seien und weit über die Landesgrenzen hinaus Beachtung gefunden hätten.

So hat Schuenze zeitlebens zwar im Schatten anderer Schriftsteller gestanden, aber es gleichzeitig auch verstanden, aus dieser Not eine Tugend zu machen. Früh schon dürfte ihm auch klar geworden sein, dass ein aufgeblähtes Ich seiner «hehren Mission» im Wege stünde. Das Ego musste also sterben, damit das Werk keinen Schaden nähme. Folglich stellte Schuenze sein Schaffen ganz in den Dienst eines «edleren Sendungsbewusstseins», denn er «erachtete es als vordringlich, die Wahrheit unters Volk zu bringen», wie Olivia Schuenze in ihrem handschriftlichen Text hervorhebt.[6] Dafür schienen ihm auch die unlauteren Mittel der Täuschung und Fälschung gerechtfertigt.

Dass Roman Ingold Schuenze die Grenzen seines Werks durch «Namensdiebstahl» und die Verwendung diverser Tarnnamen vorsätzlich verwischt und seine Urheberschaft damit unkenntlich gemacht hat, verbietet uns, von einer Rezeption zu seinen Lebzeiten zu sprechen. Die wenigen Reaktionen, die uns bekannt sind, beziehen sich denn auch fast ausschließlich auf anonyme, wenngleich inzwischen verbürgte Texte. In allen anderen Fällen müssen wir davon ausgehen, dass die verwendeten Namen, vor allem wo es sich um authentische Figuren seiner Zeit handelte, die Aufnahme der Texte maßgeblich beeinflussten.

Die im *Liestaler Wochenblatt* anonym und in mehreren Fortsetzungen abgedruckten «Mysterien der Nacht» nahm beispielsweise auch Gottfried Keller zur Kenntnis und sie veranlassten ihn unter anderem zu folgender Bemerkung:

---

[6] Vgl. dazu auch Schuenze in einem Brief an Anna Maria Strübin vom 30.1.1871: «Ich halte es für die Pflicht eines Poeten, nicht nur das Vergangene zu verklären, sondern das Gegenwärtige, die Keime der Zukunft soweit zu verstärken und zu verschönern, dass die Leute noch glauben können, ja, so seien sie und so gehe es zu!»

«Trotz der kosmischen, mythologischen und menschheitlich zuständlichen Zerflossenheit und Unmöglichkeit ist doch alles so glänzend anschaulich, dass man im Augenblick immer voll aufgeht.» Ob Keller vermutete, es handle sich beim anonymen Verfasser um seinen Schriftstellerkollegen Spitteler und ob diese Vermutung Lektüre und Urteil beeinflussten, bleibt eine der interessanten Fragen, der sich die literatur- und rezeptionsgeschichtliche Forschung rund um Schuenze annehmen muss.

Literarisches Neuland

«Wenn uns das Museum erhalten bleibt», meint Kägi prophetisch, «tauchen hoffentlich ehrgeizige junge Germanisten hier auf und unterziehen die Texte endlich einer genaueren Prüfung. Mit dem Computer haben die ja heutzutage ganz andere Möglichkeiten.» Kägi will sich nicht festlegen, aber er spielt doch auf gewisse Unstimmigkeiten an, die sich nicht einfach von der Hand weisen lassen: Fakten, die nicht zusammenpassen wollen, stilistische Ausrutscher und Anachronismen in der Wortwahl, die selbst für einen visionären Geist ungewöhnlich sind. Es ist nicht undenkbar, dass einige der literarischen Größen jener Zeit von Schuenze profitierten und gegen seine Namensanleihe gar nichts einzuwenden hatten.

Eines ist sicher: Schuenze wusste genau, was er tat. Er war keiner von den billigen Nachahmern, wie sie unter seinen Zeitgenossen haufenweise anzutreffen sind. Als Autodidakt betrieb er nicht nur religiöse und naturwissenschaftliche Studien, sondern befasste sich eingehend und gewissenhaft mit der Literatur seiner Zeit.[7]

Für die Forschung, die im Falle Roman Ingold Schuenze noch ganz am Anfang steht, wäre es dringend erforderlich, endlich auch in die privaten Notizen Einsicht zu bekommen. Im Koffer mit Briefen und Manuskripten sollen sich unter anderem auch umfangreiche Tagebuchaufzeichnungen, wenn auch in sehr schlechtem Zustand, befunden haben. Den Großteil dieser Texte haben Vater und Sohn Kägi als Testamentsvollstrecker Olivia Schuenzes der Öffentlichkeit bisher vorenthalten. Von ihren Gründen mag man halten, was man will. Nach ihren eigenen Angaben enthalten diese Notizen sehr viel Persönliches und vor allem «wenig Schmeichelhaftes über die Familie». Aber dieser alte Zopf gehört nun endlich abgeschnitten.

Schuenzes Alterswerk, vor allem die lyrische Naturparabel *Waldeszauber*,[8] vereint in einer mythischen Traumwelt antike, indische und christliche Bilder, Gestalten, Vorstellungen und Szenen, aus denen sich eine tiefsinnige Deutung von Welt, Mensch und Leben ergibt. Die letzten Lebensjahre verbrachte der bereits von schwerer Schwindsucht gezeichnete Schuenze völlig zurückgezogen im Kutscherhäuschen seines früheren Arbeitgebers Adalbert

---

[7] In einem längeren Briefentwurf über die «Phainomena des lebendigen Geistes» und das «Sichtbarmachen der inneren Welten» an die Adresse eines A. B. (Arnold Böcklin?) weist er beispielsweise darauf hin, dass es sich bei dem Goethe'schen Fragment «Über die Natur» wohl eher um einen Text aus der Feder von Johann Christoph Tobler handle, einem Schweizer Theologen, der in der frühen Weimarer Zeit mit Goethe intensiven Umgang hatte.

[8] Frühe Skizzen 1880, endgültige Fassung 1911, unveröffentlichtes Manuskript.

Huwyler.[9] In dieser Zeit sind aller Wahrscheinlichkeit nach keine Texte mehr entstanden. Huwylers Magd Martha Flüeler, von der Schuenze nachweislich zwei Kinder hatte, umsorgte und pflegte ihn bis zu seinem Tod im Herbst 1917. Seine letzten Worte sind uns leider nicht überliefert.

Auch für uns heißt es Abschiednehmen – von alten Geschichten, von Roman Ingold Schuenze und von Hochwald. Kägi lässt uns die Rechnung der Herrenmatt begleichen und führt uns dafür in seinem alten VW-Käfer ins Dorfzentrum. Da die Gemeindeverwaltung bereits geschlossen hat, nimmt er den Archivschlüssel gleich selber an sich. Während wir an der Postautohaltestelle warten, sehen wir ihn Richtung Museum marschieren, begleitet von einer munteren Kinderschar. Wer weiß, vielleicht sind auch ein oder zwei Nachkommen von Roman Ingold Schuenze darunter – aber wie seine Texte werden wohl auch die Kinder andere Namen tragen.

* * *

---

[9] Schuenzes Tinkturen sowie ein von ihm verordneter Kuraufenthalt im Nidelbad bei Rüschlikon vermochten nicht nur seinen alten Brotherrn Huwyler von chronischer Gicht zu befreien, auch dessen viel jüngere Frau Lissi, die an schwerer Melancholie litt, wusste er mit einem probaten Mittel zu kurieren. Als sie dem alten Bauern nach vier Töchtern doch noch einen gesunden Bub schenkte, kannte Huwylers Dankbarkeit keine Grenzen mehr.

Textnachweis

Die Geschichten wurden für die vorliegende Ausgabe überarbeitet.

«Ein Kunststück.» *Nebelspalter* 2 (8. Jan. 1985): S. 34.

«Der Leser als Mörder.»
Erschienen unter dem Titel «Ein Bestseller helvetischer Gebrauchsliteratur.» *Nebelspalter* 23 (5. Juni 1989): S. 12–13.

«Letztes Licht.» *Sonnengeschichten.* Herausgegeben von der Nordostschweizerischen Sonnenenergie-Vereinigung. Kreuzlingen: NOSEV, 1994. S. 30–31.

Caledonia. St. Gallen: Sabon-Verlag, 1999.

«‹Wer die Wahrheit liebt, dem darf auch die Lüge nicht fremd sein ...›: Nachforschungen zum Fälscher Roman Ingold Schuenze (1846 bis 1917).» Mit Jürg Seiberth. *Variations: Literaturzeitschrift der Universität Zürich* 5 (2000; Themenheft «Fälschungen»): S. 157–166.

«Adeles Aufstieg.» Ein Tautogramm. (2008. Erstveröffentlichung).

«Der weiße Schatten.» *Alois und Auguste: Alzheimer und Demenz – Geschichten über das Vergessen.* Herausgegeben von Heidi Schänzle-Geiger und Gerhard Dammann (Memory-Klinik Münsterlingen). Frauenfeld: Verlag Huber, 2009. S. 45–48.

«Das Bernstein-Grab.» *Sepia: Kurzgeschichten aus der Schweiz.* Herausgegeben von Fatima Vidal. Winterthur: Edición Vidal, 2012. S. 14–18.

«Viola da Gamba.» *Der Medicus und seine Viola: Kurzgeschichten aus der Schweiz.* Herausgegeben von Fatima Vidal. Winterthur: Vidal Verlag, 2015. S. 27–32.

«Halt auf Verlangen.» *An der Sonne – Kurze Geschichten über das Reisen.* Herausgegeben von Fatima Vidal. Winterthur: Vidal Verlag, 2017. S. 115–116.

«Herr Ibis.» (2017, Erstveröffentlichung)

«Stimmprobe.» *Der Sklave der Wikingerin: Kurzgeschichten aus der Schweiz.* Herausgegeben von Fatima Vidal. Winterthur: Vidal Verlag, 2018. S. 74–79.

Daniel Ammann lebt in St. Gallen und arbeitet als Dozent für Medienbildung, Schreibberater und Redaktor an der Pädagogischen Hochschule Zürich.

Nach dem Studium der Anglistik, Pädagogik und Literaturkritik war er als Medienpädagoge, Lehrbeauftragter für englische und amerikanische Literatur an der Universität Zürich sowie als freier Lektor, Übersetzer und redaktioneller Mitarbeiter beim Fernsehen tätig. Zu seinen Veröffentlichungen gehören Erzählungen, Kolumnen sowie Kritiken und Essays zur zeitgenössischen Literatur und Medienkultur.

www.magoria.ch

Zeitfracht Medien GmbH
Ferdinand-Jühlke-Straße 7
99095 Erfurt, Deutschland
produktsicherheit@kolibri360.de